닭 타고 가면 되지

조희정 외 편역

우리학교

머리말

한 거인이 어깨 위에 난쟁이를 태우고 뚜벅뚜벅 걸어옵니다. 한 걸음에 십 리를 내디뎌 우리 앞에 다가온 거인이 멈추어 섭니다. 이윽고 잠에서 깨어난 난쟁이가 주변을 둘러봅니다. 멀리 산과 강이 보이는군요. 난쟁이는 그것이 실상, 기꺼이 자신의 발아래 버텨준 거인의 덕분이라는 건 까맣게 모른 채 우쭐거립니다. 어쩌면 우리는 거인의 어깨 위에 서 있는 난쟁이가 아닐까요?

옛글은 상상력의 보물 창고라고 늘 생각해 왔습니다. 옛사람들이 일상 속에서 재미있게 나누던 이야기, 마음을 담은 따뜻한 글, 생각을 펼쳐 놓은 힘 있는 문장을 본다면 마음속으로 그려볼 수 있는 세상이 더 넓어지리라 기대하였습니다. '지금', '여기' 우리 곁에서 일어나는 일뿐만 아니라 다른 시간, 다른 공간에서 살았던 사람의 일을 안다면, 더 높은 곳에서 더 멀리 바라볼 수 있기 때문입니다.

옛글은 옛사람들이 생활 곳곳에 남긴 흔적입니다. 힘든 노동을 잊기 위한 수다이자 우스갯소리이며(민담), 아침저녁으로 대하는 사물에 새겨 두고 마음을 가다듬던 경구이며(잠箴과 명銘), 멀리 사는 가족과 친구에게 안부를 전하던 마음이며(척독), 정치 현안에 대해 임금에게 거침없이 자신의 의견을 전했던 매체(상소문이나 책문)이기도 하였습니다.

낡은 창고 안에 가둬 놓은 옛글을 뒤져 거인의 대강을 그려 보고 싶었습니다. 그래서 오늘날의 우리들에게 잘 알려지지 않은 조각들도 좀 더 많이 꺼내들었습니다. 한 발이라도 더 거인에게 다가가기 위해 쉽게 다듬어야 했지만, 거인의 실제를 왜곡하고 싶지 않았습니다.

거인에게 다가가는 첫 걸음, '재미로 읽는 옛글'에서는 재미난 이야기들을 모았습니다. 흥부전, 심청전, 춘향전도 재미있는 이야기지만 그 외에도 우리 옛글에는 미처 몰랐던 흥미로운 이야기들이 그득합니다.

거인에게 다가가는 두 번째 걸음, '마음으로 읽는 옛글'에서는 옛사람들의 일상생활 곳곳에 숨어 있던 글들을 찾았습니다. 옛사람들의 일상 풍경과 그들의 마음이 오롯이 담겨 있습니다.

거인에게 다가가는 세 번째 걸음, '생각하며 읽는 옛글'에서는 옛사람들 사이에서 불꽃같이 부딪힌 말과 글을 모았습니다. 옛사람들이 당대를 살아가며 펼친 사유와 비판 정신이 힘껏 벼린 문장 속에서 치열하게 다투고 있습니다.

번역하고 다듬으며 엿보았던 옛글의 속살들을 우리 청소년 독자들도 함께 느낄 수 있다면, 그래서 함께 즐겨 주신다면 더 바랄 나위가 없겠습니다. 상상력의 보물 창고인 옛글을 여행하는 동안 '지금', '여기'를 다시 보게 해줄 상상력의 원천을 발견하시길, 그것을 통해 자신과 세상을 바라보는 눈이 좀 더 깊어지고 다채로워지길 바랍니다.

2011년 1월

편역자를 대표하여 조희정이 씁니다.

차례

도둑놈은 혼이 셋이래 ••• 신비롭고 경이로운 이야기

막동, 밑바닥부터 시작하다 ••• 지혜와 깨달음이 있는 이야기

닭 타고 가면 되지

웃음이 묻어나는 이야기

닭 타고 가면 되지

깨를 파는 놈이로구나

돼지가 먹어 치운 폭포

회초리를 들다가 국수 그릇을 들어 엎다

쥐똥을 보냈더니

닭 타고 가면 되지

김 선생은 우스갯소리를 잘했다.

언젠가 그가 친구의 집을 방문한 적이 있었다. 주인이 술상을 차렸는데, 안주가 푸성귀와 나물뿐이었다.

주인이 먼저 미안해하며 말하는 것이었다.

"집은 가난하고 시장마저 멀다네. 맛난 안주는 전혀 없고 맛없고 싱거운 것뿐일세. 그저 부끄러울 따름일세."

그때 마침 닭이 뜰에서 무리를 지어 어지럽게 모이를 쪼아 먹고 있었다.

김 선생이 그에게 말하였다.

"사내대장부는 천금千金을 아끼지 않는 법이네. 내가 타고 온 말을 잡아서 안주를 장만하게."

"하나뿐인 말을 잡으라니……, 무엇을 타고 돌아가려는가?"

"닭 타고 가면 되지."

김 선생의 대답에 주인은 크게 웃고서 닭을 잡아 대접하였다. 김 선생과 친구는 닭을 안주 삼아 실컷 놀았다.

서거정의 『태평한화골계전』에 실려 있는 글로, 원제는 '차계기환借鷄騎還'입니다. 오랜만에 찾아온 벗에게 푸성귀만 대접하는 친구를 원망하지 않고 농담으로 은근히 나무라는 모습에서, 가난 속에서도 여유를 잃지 않았던 옛 선비들의 넉넉한 내면 풍경을 보게 됩니다.

『태평한화골계전』은 책 제목 그대로 '태평하고 한가한 때에 주고받은 우스갯소리'를 모은 책입니다. 서거정은 조선 전기에 여섯 임금을 섬기고, 20여 차례나 과거시험을 관장했던 당대의 내로라하는 벼슬아치였습니다. 그런 그가 한갓 우스갯소리를 묶어서 책을 쓴 이유는 무엇일까요? 아무리 엄격하고 진지한 위치에 있어도 가끔씩 이렇게 농담을 주고받으며 사는 삶이야말로 바로 인간적인 삶이 아닐까 싶습니다.

깨를 파는 놈이로구나

충청도에 한 선비가 살고 있었다. 지지리 가난하여 궁상맞기까지 했다. 옆집 사는 평민은 장사를 하여 식구 일고여덟을 거뜬히 먹여 살렸다. 하루는 선비의 아내가 남편에게 말을 꺼내길,

"이웃의 상것도 제 식구를 먹여 살리는데, 당신은 집안 형편은 생각도 않고 책만 읽으시는구려. 책만 읽어 대체 뭐에 쓰시려오? 내일은 시장에 가서 귀하든 천하든 가리지 말고 뭐라도 사와 그거라도 팔러 다니세요."

라 하였다. 선비가 그러마 하고 다음 날 일찍 시장에 가서 이문이 될 만한 것들을 찾아보았으나 마땅히 살 물건이 없었다. 저녁때가 다 되어서야 겨우 옹기 몇 개를 사서 돌아왔다. 아내가 선비에게 얇은 홑바지 하나를 입으라고 권하며,

“이 옹기를 팔아 곡식을 얻거든 바지를 벗어 아랫단을 묶고 그 안에 넣어 오세요.”
라 하였다.

선비는 옹기를 지고 큰 마을로 가서는 어느 대갓집을 보고 그 집 앞으로 가 문 앞에서 외쳤다.

“옹기 사시오! 옹기 사시오! 옹기를 사면 내가 바지를 벗겠소이다.”

그 집 남편이 방에서 그 말을 듣고는,

‘옹기를 사면 바지를 벗겠다니, 바지를 벗어 무엇을 하겠단 말인가. 필시 내 아내와 며느리를 욕보이려는 수작이구나.’
라고 생각하여 하인을 시켜 선비를 쫓아내라 명했다. 하인이 몽둥이를 들고 선비를 때리려 하자 크게 놀란 선비는 짊어졌던 옹기를 버리고 도망가 밭두둑에 숨었다. 손으로 가슴을 쓸어내리니 쿵쾅거리는 심장의 고동이 느껴졌다.

마침 그때 청개구리가 선비 앞으로 와 선비를 올려다보았다. 선비가 청개구리의 가슴을 보니 청개구리 역시 가슴이 벌떡이고 있었다. 선비가 개구리에게 물었다.

“너도 옹기를 팔았느냐. 어찌 그리 가슴이 벌떡이느냐?”

여러 차례 물어도 개구리가 대답을 않자 선비가 화를 내며 말했다.

"양반이 묻는데 어찌 대답을 않는 게야!"

그러고는 돌멩이를 들어 개구리의 등을 쳤다. 개구리가 '깨—' 하고 쓰러지자 선비가 껄껄 웃으면서 말했다.

"왜 진작 깨를 판다고 대답하지 않았느냐."

『기이재상담』이라는 책에 실려 있는 글로, 원제는 '이매지마爾賣芝麻'입니다. '기이재'의 뜻은 아직까지 명확하게 밝혀지지 않았고 '상담'은 민가의 이야기라는 뜻으로, 민간에 떠도는 재미난 이야기 중 작품성이 높은 이야기들을 골라 알차고 다채롭게 구성한 책이지요. 글만 읽던 선비가 돈을 벌러 나갔다는 점에서 언뜻 박지원의 소설 「허생전」이 떠오르기도 하지만 허생과는 달리 어리석고 뻰뻰스럽기까지 한, 선비의 모습을 통해 조선 후기 몰락한 양반들의 허세와 위선을 풍자한 작품입니다. 그런데 선비에게 억울한 죽음을 당한 청개구리는 과연 누구를 말하는 것일까요?

돼지가 먹어 치운 폭포

진양은 지금의 진주 땅이다. 한 관리가 진양 지방을 다스렸는데, 정사政事가 매우 가혹하였다. 세금을 끝도 없이 거둬들여 산에서 난 과일과 채소까지 쓸 만하면 남김없이 세금을 매겼다. 결국 절에 사는 스님들까지도 피해를 입게 되었다.

어느 날 운문사 스님이 태수를 찾아뵐 일이 있었다. 스님을 맞이한 태수가 인사차 물었다.

"자네 절의 폭포는 올해도 여전히 아름다운가?"

폭포가 무엇인지 몰랐던 스님은 폭포에도 세금을 매길까 두려워 태수의 말이 끝나기가 무섭게 대답하였다.

"올 여름에 돼지들이 저희 절의 폭포를 다 먹어 치웠지 뭡니까?"

강릉 경포대에는 관동 지방 제일의 경치를 자랑하는 한송정寒松亭이라는 유명한 정자가 있다. 외국 사신과 벼슬아치들이 즐겨 유람하여 말과 수레가 사방에서 모여 들었다. 잔치를 위해 관청에서 거둬들이는 비용도 헤아릴 수가 없었다. 그러므로 고을 사람들이 항상 욕하며 말하였다.

"언제쯤 호랑이가 와서 한송정을 물어 갈까?"

누군가 위의 상황을 풍자하는 시를 지었다.

폭포는 올해 돼지가 다 먹어 버렸건만
한송정은 언제쯤 호랑이가 물어 가려나?

조선 시대의 백과사전인 『견첩록』에 실려 있는 글로, 원제는 '폭포瀑布'입니다. 옛글에는 탐관오리의 횡포를 고발하는 작품들이 유난히 많은데, 이 이야기 역시 그와 비슷한 부류이면서도 포복절도할 웃음을 자아내게 하는 풍자문학의 백미白眉입니다. 얼마나 관리들의 횡포가 심했으면, 얼결에 돼지가 폭포를 먹어 버렸다고 했을까요? 우스우면서도 한편 씁쓸한 이야기라 아니할 수 없습니다.

회초리를 들다가 국수 그릇을 들어 엎다

연세 지긋하신 노스님께서 손수 언덕 밭을 개간하여 메밀을 심었다. 싹이 나자 스님께서 매우 기뻐하며 말씀하셨다.

"내가 올해 메밀을 실컷 먹겠구나."

"스님께서 잡수셔야 잡수신 거예요."

동자승이 말했다.

보리를 수확하는 봄이 되었다. 메밀이 자라는 밭을 보며 스님이 말씀하셨다.

"메밀국수 만들 날이 가까워지니 벌써 배가 부르구나."

"스님께서 잡수셔야 잡수신 거예요."

또 동자승이 말했다.

봄이 지나고 메밀을 거둬들이게 되었다. 메밀국수를 삶아 큰 대접에 가득 담아내니 메밀국수 냄새가 온 방 안에 가득하였다. 스님이 말씀하셨다.

"이제 메밀국수를 만들었으니 어찌 배부르지 않겠느냐?"

"스님께서 잡수셔야 잡수신 건데요."

또다시 동자승이 말하였다.

스님이 크게 성을 내며

"메밀국수를 앞에 두고 배불리 한번 먹으려는데, 그래 또 하는 말이 '잡수셔야 잡수신 거'라니 어찌 그리 덕담 남이 잘되기를 비는 말 할 줄은 모르는 게야?"

하시더니 지팡이를 회초리 삼아 종아리를 치려 펄떡 일어서시는데, 그 바람에 메밀국수 그릇이 엎어져 버렸다.

동자승이 급히 달아나며 말했다.

"그 보세요! 잡수셔야 잡수신다는 건 바로 이런 걸 말한 거예요."

여러 스님들이 손바닥을 치며 크게 웃었다.

속담에 이른바 "스님께서 잡수셔야 잡수신 게다."라는 말이 여기에서 나왔다.

나의 생각은 이렇다.

『논어』에서 "물 한 번 마시고 모이 한 번 쪼는 것도 '반드시' 이치가 있다."고 하였으니 동자승이 했던 말은 '이치에 닿는 말'이다. 아! 공자와 같은 성인께서 말씀하실 때, 아무 의도 없이 '반드시'란 단어를 사용하지 않으셨으리라. 메밀을 심고 거둔 후에는 국수를 먹는 것이 반드시 이뤄질 일이라 생각하지만 결국에는 그렇게 일이 마무리되지 못하였으니, 세상일의 어려움이란 반드시 이와 유사한 면이 있을 것이다.

이 글은 홍만종의 『명엽지해』에 실려 있는 이야기로, 원제는 '열장복면捩杖覆麵'입니다. 이 이야기처럼 웃음을 자아내는 이야기를 소화笑話라고 하는데, 근엄하고 진지해 보이기만 했던 옛 선비들도 이처럼 재미있는 이야기를 무척 즐겼다고 하네요. 대표적인 소화집으로는 서거정의 『태평한화골계전』, 강희맹의 『촌담해이』, 송세림의 『어면순』, 홍만종의 『명엽지해』 등이 있습니다. 이 글을 읽다 보니 "한 치 앞도 모르고 산다."는 속담이 떠오릅니다. 원인이 있으면 결과가 있는 법이지만, 그 또한 실제로 실천에 옮기기 전까지는 아무도 모르는 일이지요. 동자승의 말 속에 담긴 진실을 음미해 볼 필요가 있습니다.

쥐똥을 보냈더니

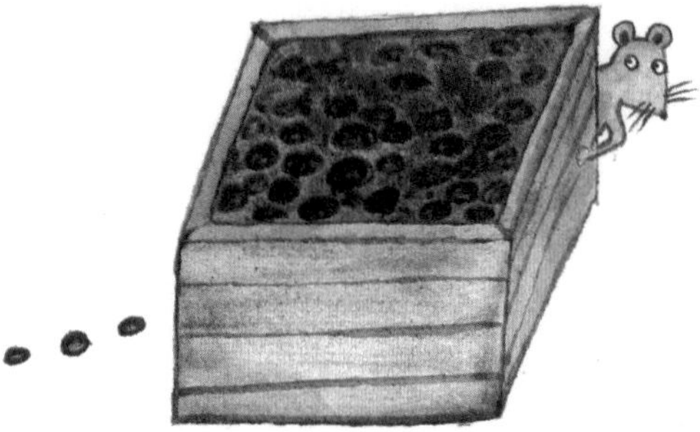

경기도 안성군 청룡사의 종혜 스님은 이 아무개라는 높은 벼슬아치와 친분이 있었다.

이 아무개가 고을 원님이 되자, 종혜는 그것을 자랑하고 다녔다.

"이 아무개가 바로 내 친구야. 절의 여러 가지 일도 이제 술술 풀릴 거야."

이 아무개가 고을에 부임하던 날, 종혜가 관청의 뜰에서 두세 번 뵙기를 청하였다. 그러나 이 아무개는 일부러 그를 못 본 척하였다. 종혜는 몹시 화가 났다.

"저 늙은이가 겨우 고을 하나를 얻더니만, 감히 이렇듯 도도하게 군단 말이지?"

종혜는 관찰사가 고을을 살피러 온다는 말을 들었다. 이에 종혜는 쥐똥 한두 되를 구해서, 쥐똥에 흰 가루를 입혔다. 그러자 그 빛깔이 매우 정갈해 보였다. 그것을 다시 흰 종이로 포장한 뒤에 편지를 썼다.

"산중에서 다행히 좋은 콩을 좀 얻었다오. 모쪼록 함께 맛이나 보구려."

원님이 그것을 받고 몹시 기뻐서, 다시 관찰사에게 올렸다. 그러나 관찰사는 그것을 먹더니, 그만 속이 메스꺼워 구역질을 하고 말았다. 원님은 크게 창피를 당했다.

하루는 그 친구가 크게 설사를 앓았다. 급히 편지를 보내 종혜를 불렀다. 그러자 종혜가 말했다.

"저 늙은 도둑놈이 병이 심해지니깐 이제야 친구를 찾는단 말이지?"

종혜는 즉시 관청으로 나갔다. 원님은 홀로 누워 있다가 종혜를 불러 가까이 와서 앉으라 하고 말했다.

"이 늙은이가 엉덩이에 종기가 났다네. 예법에 따르자니 아녀자에게 보일 수가 있어야지. 스님은 내 친구이니, 치료를 좀 부탁함세."

종혜는 이미 나이가 많아 눈이 침침하였다. 그래서 엉덩이 뒤로 바짝 다가가서 종기를 자세히 살펴보려 하였다. 그 순간 원님이 방귀를 뀌면서 설사를 사납게 내뿜었다. 화살처럼 재빠르게 몇 번씩이나 설사를 내뿜었다.

종혜는 미처 피하지 못하고, 머리와 얼굴이 모두 설사로 덮이고 말았다. 종혜는 옷소매로 얼굴을 천천히 닦으면서 말했다.

"옛적의 시에 이르기를 '내가 덕을 베풀면 남들도 그만큼 되갚는다'고 하였지. 내가 쥐똥을 보냈더니, 자네는 개똥으로 갚는구먼."

두 사람은 마주 보고 한바탕 크게 웃었다.

역시 서거정의 『태평한화골계전』에 수록된 작품으로, 원제는 '무덕불보無德不報'입니다. '무덕불보'는 『시경』의 「대아」 편에 나오는 구절 중 하나로 '내가 덕을 베풀면 남들도 그에 보답하지 않는 이가 없다.'는 뜻이지요. 베푼 만큼 되돌아온다는 말이 꼭 덕德에만 해당되지는 않나 봅니다. 하지만 이 글에 나타난 악동 같은 두 어른의 복수전은 무지막지하면서도 한편으로는 천진난만하게 느껴져 오히려 마음을 시원하게 해 줍니다.

내다 팔려고 시아버지 살찌운 며느리

일상을 담아낸 이야기

무수옹 이야기

거울 모르는 사람들

내다 팔려고 시아버지 살찌운 며느리

고려장 없앤 유래

상전을 골려 먹은 방학중

무수옹 이야기

별명이 무수옹無愁翁이라는 사람이 있었어. 근심 없는 늙은이란 말이지. 그 사람은 아들 열둘에 딸 하나가 있어 십삼 남매를 두었어. 십삼 남매를 두고 나서 시집 장가를 보내어 살림을 내놓으니 다들 잘사는 게야. 하루는 십삼 남매가 모여서 함께 의논을 했거든.

"아버지께서 연세가 많으시니 자식들이 모셔야 하는데, 맏형님만 아버지를 모시라는 법이 있소? 그러니 차례대로 한 달씩만 모셔 봅시다."

"그러면 그렇게 하자."

그래서 정월에는 아버지가 맏아들 집에 가서 있게 됐거든. 거기 있으니 옷도 잘해 주고 식사도 잘하게 해 주고, 어디 놀러 가면 때맞춰 돈도 주니 그야말로 아버지가 무수옹이 됐단 말이지. 이월이 되어 둘째 아들 집으로 갔더니 둘째 아들도 그렇게 대접을 하고, 삼월에는 셋째 아들 집에 가고, 그렇게 아들 열두 명이 돌아가며 모시니 딱 일 년이 됐지. 그러다가 삼 년 만에 윤달이 한 번 들면 딸의 집으로 가는데, 딸도 그렇게 대접을 한단 말이야. 이러다 보니 그만 근심이 없는 늙은이라고 무수옹이란 별명이 붙었단 말이지. 별명이 무수옹이 되고 나니 동네방네 소문이 나서 서울에 계신 임금도 알게 되었어.

"내가 한 나라의 왕으로서도 근심이 있는데 무수옹이라는 게 어디 있느냐? 그 노인을 불러라. 무수옹이 되었다고 하니 내가 근심을 좀 줄 것이다."

하고는 노인을 불렀단 말이야.

노인이 서울로 가는 도중에 큰 강이 있는데, 그 물은 배를 타고 건너가야 되거든. 그래서 배를 타고 떡하니 건너가서는 임금을 뵈었는데 임금이,

"내가 들으니 자네가 무수옹이라고 하던데, 어떻게 해서 무수옹인가?"

하고 물어봤단 말이야. 그래서 그 노인이 얘기했지.

"제가 아들을 열둘을 두고, 딸을 하나 두고 보니 모두 십삼 남매를 두었습니다. 이놈들을 시집장가 보내어 살림을 내놓았는데 다들 잘살

고 있습니다. 잘살고 있으니 이놈들이 함께 의논을 해서 한 달에 한 번씩 아버지를 모시자고 해서는 열두 달이면 일 년에 꼭 한 달씩 돌아가게 되지요. 그러다가 삼 년에 한 번씩 윤달이 들면 딸의 집에 갑니다. 딸의 집에 가서도 살고, 또 아들들이 대접을 잘하다 보니 아무 근심 걱정이 없습니다. 그래서 무수옹이 되었습니다."

그러자 임금이 장하다고 하면서 약 넣는 조그마한 주머니를 만들어서 거기에 구슬을 하나 넣어 주었어. 그러면서 이렇게 말했지.

"내가 뭐 그렇게 대단하지 않은 것을 주는 것이네만 이것을 가져가거든 깊은 곳에 감추어 두었다가 내가 부르거든 한번 가지고 올라오게."

그래서 "네." 하고 돌아왔단 말이야. 나라에서 내려 주는 것이니 그게 대단치는 않아도 귀중하단 말이지. 그걸 가지고 돌아오는데 임금이 미리 사공하고 약속을 해 놓은 게 있었던 거야.

"엊그저께 가시더니 어디 갔다가 오십니까?"

"임금님께서 부르셔서 불려 갔다가 온다네."

"그래요? 임금님께서 뭐 주시는 게 없으셨습니까?"

"주기는 뭐, 약 넣는 주머니 하나 주더군."

하니까, 사공이 말했어.

"그것 좀 봅시다."

그래서 사공에게 보여 주니까 구슬이 하나 나왔단 말이야. 그걸 보고 사공이,

"아이구, 뭐 대단치도 않구만."

그러면서 툭 쳐서는 물에 집어넣어 버렸거든. 아, 그것을 가지고 싸움을 할 수도 없고, 어떻게 하나, 집에 와서도 그것이 근심이 되어서 밥도 못 먹고 죽을 지경에 이르렀단 말이야. 며느리와 아들이 달려와서 아무리 좋은 것을 대접해도 아버지가 못 먹고 있으니 자식들이 자꾸 물었지. 그러니까 그 얘기를 했단 말이야.

"임금님이 구슬을 하나 주는 걸 받아서 가져오는데 사공이 그것을 물에다 집어넣었으니 이제 나는 죽었다. 그것을 임금이 아무 때고 가져 오라고 할 때 못 갖다 드리면 큰일이 아니겠느냐?"

하면서 노인이 죽는다고 그랬지.

그런데 그날 맏며느리가 장에 가서 돌아다니다 보니까 생선 큰 것이 하나 나왔단 말이야. 이것을 사다가 아버지를 드리면 좀 잡수실까 하고 사가지고 왔지. 그래서 그것을 끓이려고 생선 배를 땄는데, 이런 구슬이 나오잖아? 그래서 떡하니 가지고 와서 아버지한테 보이면서,

"아버님, 혹시 이런 거 아닙니까?"

해서 보니, 바로 그 구슬이란 말이야. 나라에서 주는 것이라 표시를 해 놨거든. 그다음부터는 약 넣는 주머니에 그 구슬을 넣어가지고는 누가 보자고 해도 안 보여 주고 예전처럼 아들 집으로 돌아다녔지. 헌데 이런 소식을 임금이 곧 들을 것이 아닌가? 이 노인이 내려가서 어떻게 지내는가 하고 보니까 예전처럼 잘 돌아다닌단 말이야. 구슬을 물에 빠뜨렸을 텐데 근심은 하지 않고 어찌 저렇게 평소처럼 돌아다니는지 이상하게 생각했지. 그래서 임금이 다시 불러들이자 무수옹이 서울로 또 올라갔단 말이야. 임금은 짐짓 모른 체 하면서 물었지.

"아, 내가 전에 준 그것을 가져왔는가?"

그러자 노인이,

"예, 가져왔습니다."

하면서 떡하니 보여 주는데 임금이 준 바로 그 구슬이더란 말이야. 임금이 생각해 보니 희한하거든. 뱃사공이 물에 집어넣은 것을 아는데 말이지.

"내가 이야기를 들어 보니 자네가 구슬을 가지고 가다가 뱃사공이 보자고 해서 보여 준 다음에 물속에 빠뜨린 것으로 아는데, 어찌된 일인고?"

임금이 이렇게 묻자 노인이 이야기를 했지.

"식음食飮을 전폐하고 죽으려고 하는데, 우리 맏며느리가 장터를 돌아다니다 생선 한 마리를 사다가 저에게 대접하려고 물고기 배를 땄는데 이 구슬이 나왔습니다. 그렇게 된 것입니다."

"자네는 말이야, 정말 하늘이 복을 준 사람이군."

그래서 나라에서도 무수옹이라는 시호諡號 왕이나 재상, 선비들이 죽은 뒤에 그들의 공덕을 칭송하여 붙인 이름으로 여기서는 산 사람에게 내린 것으로 되어 있다 를 내렸단다.

이 글은 강원도 강릉 지역에서 전해 오는 설화입니다. '무수옹'이란 말 그대로 '근심이 없는 노인'이라는 뜻입니다. 근심 없이 사는 삶이야말로 모든 사람들이 바라는 삶이기도 하지요. 그런데 근심이 하나도 없다니. 그 별호別號가 조금은 괘씸하기도 했을 임금님이 무수옹을 불러들여 일부러 근심거리를 만들어 주지만 그마저 저절로 해결되는 모습을 통해, 억지로 뭔가를 해내기보다 욕심 없이 순리에 따르는 태도야말로 가장 편안하고 근심 없는 삶이라는 것을 조용히 보여 주는 이야기입니다.

거울 모르는 사람

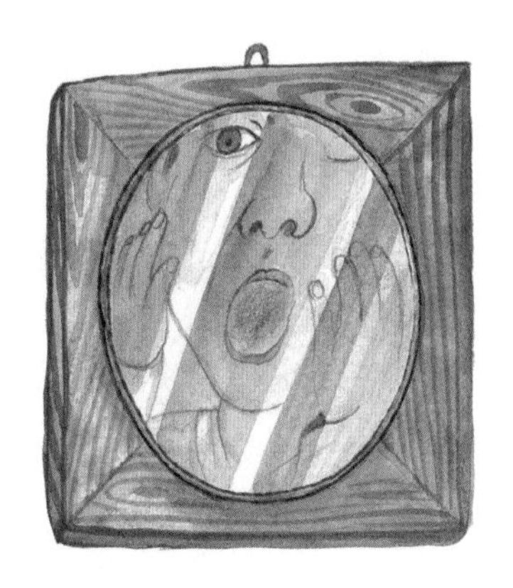

예전에 한 아이가 있었는데 본래 지능이 높지 못한데다 배워서 깨우치지도 못하고 있었지. 그 아이는 집에서 나무나 하고 밥이나 먹고 했지 공부를 하지도 않았고, 장터 같은 곳에 가서 물건을 파는 것도 해 보지 않고 사 보지도 않았어. 그런데 그 아이만 그런 것이 아니라 그 아이의 어머니도 마찬가지였어. 하루는 아이 아버지가 돈을 한 여남은 냥 주면서 말했어.

"장날이 되면 장에 가서 이것저것 사 먹고, 또 살 것이 있으면 뭐든 사가지고 오너라."

그래서 아이가 돈을 가지고 장에 들어가다가 장터 입구 들어가는 길목에 갔는데, 거기에는 황해전이라는 거울도 팔고 상도 파는 가게가 있었거든. 아이가 그 앞을 지나가는데 거울이 있었던 모양이라. 그런데 그 거울 앞을 지나가니까 아이 모습이 거울에 비쳤는데, 아이 생각에 자기와 똑같은 사람이 그 속에서 자기처럼 지나가거든?

'아, 이거 묘한 것이로구나!'

하고 앉아서 쳐다봤지. 그런데 쳐다볼수록 참 묘하거든. 아이가 쳐다보면 거울 속에 있는 사람도 자기를 쳐다보고, 아이가 눈을 깜짝거리면 그 안에 있는 사람도 눈을 깜짝거리고. 그게 하도 재미가 있으니까 아이는 한참을 쳐다보고 있었어. 얼마에 파는 줄도 모르고, 얼마에 사야 할지도 모르니까 그렇게 구경만 하고 있었던 거지. 한참을 앉아서 구경을 하다 보니까 지나가는 사람도 거울에 비쳐서 보이는 것이 참 재미가 있단 말이야. 그렇게 구경을 하고 있는데 웬 사람 하나가 와서는 가게 주인에게 물었어.

"이 거울 파는 거요?"

"암만이라."

그러고는 두 냥을 줬는지 세 냥을 받았는지 그렇게 돈을 주고 사서 거울을 가지고 가는 걸 아이가 봤단 말이지. 그래서 아이도 두 냥인가 돈을 주고 거울 하나를 사서는 집으로 가지고 왔던 거야. 하도 재미가 있으니까 거울을 방에다 매달아 놓고는 아, 이놈이 저녁밥을 먹는데도 그 거울만 들여다보고 있거든. 저녁이 오래 되도록 거울 구경만 하다가 밤이 늦으니까 그제야 잠을 자고, 아침에 일찍 일어나서는 세수도 하지 않고 밥도 안 먹고 거울만 쳐다보는 거야. 재미가 있으니까. 그런데 그 어머니가, 이놈이 다른 때 같으면 일찍 일어나서 세수하고 나무를 하러 갈 텐데 장에 갔다 오더니 아침에 일어나지도 않고 세수도 하지 않고 드러누워 있기만 하니까, 가서 아이를 불렀지.

"아무개야, 아무개야."

"예."

"아, 이놈아. 일어나서 세수하고 밥 먹고 나무하러 가야지, 왜 그러고 드러누웠느냐?"

하고 잔소리를 해도

"예, 조금 있다가 갈랍니다."

하고는 나올 생각을 안 하더란 말이지. 그래서 이제 이놈이 언제 나오나, 이제나 올까 저제나 올까 하면서 기다리는데 그래도 나오지 않으니까 어머니가 또 가서 불렀어.

"아, 왜 안 나오느냐?"

하고 어머니가 문을 딱 열었는데, 순간 자기 얼굴이 거울에 비쳤던 거야. 그런데 그 어머니도 우둔해서 거울이 무엇인지도 모르고 거울에 자기 얼굴이 비친 걸 보고는 화를 내면서 문을 꽝 닫았지. 그러면서 하

는 말이,

"이 죽일 놈. 어제 장에 가더니 웬 늙은 년 하나를 방에다 데려다 놓고 그것만 쳐다보고 앉았구나."

하는 거야. 그래서 아이 아버지가 아들과 부인을 데려다 놓고서

"이것은 자기 모습을 비추는 데 쓰는 거울이다. 어떤 사람이 보면 그 사람이 비치고, 내가 보고 화장도 할 수 있고, 어디에 무엇이 묻었으면 보고 닦기도 하는 그런 물건인데, 여태 그것을 모르고 세상을 사느냐?"

하고 알려 주었다는 이야기야.

이 글은 전라북도 군산시에서 전해 오는 이야기로, 거울을 모르는 사람들이 처음 거울을 보고 벌이는 소동을 해학적으로 그린 것입니다. 거울이라는 것은 자기 자신을 비춰볼 수 있는 물건입니다. 세상 물정 모르는 아들과 어머니가 얼마나 아둔한 인물인가를 '거울'이라는 소재를 통해 그대로 비추고 있는 이야기라고 할 수 있습니다. 두 사람의 소동을 보며 그 어리석음을 비웃기는 쉽지만 내 마음 속의 거울에 속지 않기란 쉽지 않은 일입니다. 여러분은 거울 속 자신의 모습을 제대로 보고 있나요?

내다 팔려고 시아버지 살찌운 며느리

옛날 어떤 효자가 홀아버지를 모시고 살다가 장가를 갔어. 자식까지 두었는데 이 며느리가 시아버지 봉양을 아주 못하는 거야. 시아버지는 그런 며느리가 미웠지만 아들에게 며느리를 버리라고 할 수도 없어서 참다 보니 며느리와 시아버지 사이가 아주 나빠지고 말았어. 아들이 옆에서 가만히 보면서 생각하길, 자식까지 낳아 살고 있는데 마누라를 내쫓으면 아버지와 아들이 모두 홀아비 신세가 되니 그것만은 안 되겠다 싶었지. 그런데 없는 살림에 열심히 일을 해서 반찬거리를 사 오면 며느리는 밥 한 끼 지어서 자기가 다 먹어 치우고 아버지께 아무것도 주질 않았어. 아버지는 먹지를 못해서 점점 야위어만 갔지.

이것을 본 아들이 곰곰이 생각하다가 하루는 고기를 많이 사가지고 갔어. 그러니까 부인이 말했지.

"오늘은 고기를 많이 사가지고 왔으니 더 잘 먹을 수 있겠네요."

"내가 생각이 있어 고기를 많이 사 왔소."

"무슨 생각인가요?"

"오늘 장에 나가 보니, 늙은이를 살찌워 내다 팔면 값이 아주 많이 나간다고 합디다. 그러니 우리 아버지를 한 일 년 잘 먹여가지고 살을 토실토실하게 찌워서 겨울에 내다 팔게 되면 우리는 돈을 많이 받아가지고 그걸로 논도 사고 밭도 사서 잘살 수 있게 될 것 아니겠소. 그래서 아버지 살을 찌우려고 고기를 많이 사 온 것이오."

그러자 마누라가,

"아, 그것 참 좋겠네요."

그러면서 고기를 지져가지고는 아이들도 먹이지 않고 시아버지에게만 드리는 거야. 시아버지가 며느리 하는 행동을 가만히 살펴보더니, 저 며느리가 그전에는 안 그러다가 요새 자신을 잘 봉양한다는 것을 알고 기특하게 생각했지. 그래서 시아버지는 손자를 등에 업고 보리방아를 찧고 있던 며느리에게 말했어.

"얘, 며늘 아가, 그 애 이리 다오. 내가 좀 업어 주마."

아이를 업고 힘들게 방아를 찧다가 시아버지가 아이를 데리고 나가니 며느리가 얼마나 시원했겠어.

한편 남편이 나무를 해 오면 부엌 한쪽에다 그냥 떡하니 지워 놓았거든. 그런데 어느 날 시아버지가 아들이 해다 놓은 장작을 가리키며 며느리에게 말했어.

"내가 그 장작을 좀 쪼개 주마."

하고는 착착 쪼개서 부엌에 들여놔 주는 게 아니겠어? 그러자 며느리 생각에 그보다 더 고마운 시아버지가 없었지. 그래서 남편이 반찬을 사 오면 시아버지에게만 드리고 빨래도 잘 해 드렸어. 사람이 나이가 들면 의복이 중한데, 남 보기에 시아버지가 초라하게 보이지 않도록 며느리는 시아버지의 옷도 깨끗이 해 드렸지. 그러다 보니 마음이 편해진 시아버지는 자연히 살도 찌게 되었어.

그러다가 일 년 후, 섣달 그믐날이 되었을 때쯤 저녁에 아들이 앉아서 마누라에게 말했지.

"내일은 아버지를 장에 모시고 나가야겠는데……."

그러자 며느리가 물었어.

"아니 왜요?"

"아버지를 일 년 동안 잘 먹여서 살을 많이 찌웠으니 이제 장에 갖다

팔면 돈을 많이 벌 것 아니오? 그래서 논도 사고 밭도 사서 잘살아야 할 것 아니겠소?"

그러자 며느리가 말했어.

"아이구, 이제 나는 시아버지 안 계시면 못 살아요. 그전에는 안 그러시더니 이제는 방아 찧을 때 손주도 업어 주시고, 또 당신이 나무를 해 오면 얼마나 잘 쪼개 주시는데요. 그런 시아버지를 어떻게 판단 말이오. 돈이야 있어도 없어도 상관이 없는 거잖아요."

그래서 시아버지 봉양을 못하는 며느리의 버릇을 고쳐 효부로 만들었다는 이야기야.

이 글은 강원도 영월군에서 전해 오는 이야기로, 시아버지를 함부로 대하는 며느리의 버릇을 남편이 지혜롭게 고쳐 줌으로써 부모의 소중함을 깨닫게 하는 이야기입니다. 아무리 올바른 가르침도 잔소리와 명령으로 들리면 따르지 않는 법이지요. 자신의 아버지를 함부로 대하는 아내와 다투지 않고, 한 발짝 떨어져 아내 스스로 깨달아가도록 돕는 남편의 지혜가 돋보이는 이야기입니다.

고려장 없앤 유래

고려 시대 중기쯤이었나, 고려장이라는 법이 있었대. 그때도 예순 하나가 되면 환갑이니 회갑이니 그런 것을 했는데, 그 나이가 된 사람을 더 이상 집에 두지 못하게 하는 법이었어. 국법이 그러니 아무리 건강하고 멀쩡한 노인이라도 집에 둘 수가 없었던 거야.

잘 지낼만한 노인인데도 땅을 파고서 그 땅속에다가 먹을 것과 함께 놓고 오면, 호랑이 밥이 되거나 먹을 것이 떨어지면 굶어 죽거나 그렇게 됐던 거지. 그렇게 하고 나서 얼마 뒤에 거길 가서 사망을 했나 안 했나 봐가지고 사망을 했으면 다시 모셔다가 장례를 지내고 했는데, 그때가 되어 자기 어머니를 모시고 산으로 가게 된 양반이 하나 있었어. 그런데 그 양반은 어머니를 산에다 업어다 놓고 나서 밤이면 몰래 밥을 가져다주고는 했지. 그러다 걸리면 죽게 되는데도 몰래 밥을 가지고 갔단 말이야. 하루는 그렇게 밥을 드리고 나서 말했어.

"어머니, 지금 우리나라에 난리가 났답니다."

그때까지 정신이 말짱했던 어머니가 물었지.

"무슨 난리냐?"

"중국에서 코끼리 하나를 보냈는데 그 무게를 달아 보내라고 했대요. 그런데 코끼리 무게를 달 방법이 없어서 온 나라에 코끼리 무게를 달 수 있는 사람에게 큰 상을 준다는 방이 붙었습니다."

"그 코끼리 무게를 달 방법이 없다는 것이냐?"

하고 어머니가 다시 물었지.

"무게를 달 방법이 없어서 지금 아주 곤란한 지경에 처했답니다."

그러자 어머니가 한다는 말이,

"허허, 그런 사람들이 무슨 일을 하겠느냐? 그런 사람들이 정치를 한다고 하니 원……. 그게 뭐가 어렵다는 게냐? 코끼리 실을 배를 하나 만들어서 코끼리를 그 위에 싣고 배를 띄워서 물에 가라앉은 만큼 배에 금을 그려서 표시를 해라. 그런 다음 코끼리를 내려놓고 독에 돌을 넣어서 배에다 하나씩 싣는 게지. 그래서 배에 그어 놓은 금까지 배가 잠겼을 때 실었던 독의 무게를 하나씩 달아서 모두 합치면 그 코끼리의 무게가 나올 것이 아니냐?"

오늘날 같았으면 뭐 몇 천 근, 몇 만 근 아주 무거운 것도 쉽게 무게를 달 수 있겠지만 그 오랜 옛날에는 열 근, 스무 근이나 달 수 있었을까? 그것보다 무거운 것은 무게를 잴 방법도, 저울도 없었지. 아들이 그 이야기를 듣고 보니 어머니 말씀이 틀림없이 맞거든. 그래서 관가에 쫓아가서 관리에게 말을 전한 거지. 그러고 나서 그 양반이 머리를 조아리며 말했어.

"제가 죽을죄를 지었습니다. 고려장을 한 어머니에게 몰래 밥을 들고 찾아가서 지금 온 나라가 걱정하고 있는 일을 말씀드렸더니 어머니께서 이러저러하게 말씀을 해 주신 것입니다."

관리가 그 양반 말을 듣고 보니 틀림없는 말이거든. 그래서 그 양반에게, 가서 어머니를 모셔 오라고 했단 말이지. 그런데 아들이 그 어머니한테 다시 가 보니까 어머니가 목을 매달아 죽어 있는 거야. 고려장을 한 어머니에게 몰래 밥을 들고 찾아온 아들이 잘못될까 봐 아들이 떠나고 나서 목을 매달았

던 거지. 그래서 살아 계신 노인을 산에다 버리는 고려장을 그때부터 금지시켰다는 이야기야.

이 글은 충남 보령군에서 전해 오는 설화입니다. '고려장'은 그 명칭 때문에 고려 시대에 있었던 장례법으로 알려져 있지만 실제로 우리 풍속에 고려장이 있었는지는 문헌상으로 확인하기 어렵습니다. 다만 이처럼 설화의 소재로 사용되면서 관련된 이야기가 전승된 것이지요. 나이 든 어머니의 지혜를 빌어 국난을 극복하는 이야기를 통해, 늙으면 아무 쓸모가 없을 것이라는 편견을 없애고 노인이 공경해야 할 대상임을 확인시켜 주고 있습니다. "노인 하나가 죽는 것은 도서관 하나가 불타는 것이다."라는 말이 있지요. 작품을 읽는 동안 그 말의 의미를 한번 곰곰이 생각해 보세요.

상전을 골려 먹은 방학중

방학중이라는 사람은 원래 정승도 할 수 있을 만큼 머리가 영특한 사람인데, 신분이 천했어. 하루는 방학중이 상전을 모시고 서울로 과거를 보러 가다가 말을 쉬게 했거든. 그런데 상전이 배가 고프니까 말 위에서 방학중에게 명령을 했지.

"저기 가서 술 좀 한 병 받아 오너라."

그래서 방학중이 술을 받으러 갔는데 돌아오는 모양새를 보니 계속 술병을 이리 기울이고 저리 기울이고 그러더란 말씀이야. 그것을 본 상전이,

"왜 그러느냐?"

하고 물었더니 방학중이,

"술을 받아 오는데 술병에 콧물이 들어가서……."

라고 대답을 하는 거야. 그래서 상전이 큰 소리로,

"에이, 더럽다. 이 녀석아! 그 술 너나 먹어 버려라."

해서 방학중이 그 술을 마셨거든. 그렇게 계속 가다가 보니 이번에는 떡장수 할머니가 있는 거야. 그래서 상전이 다시,

"저기 가서 찰떡 몇 개만 사가지고 오너라. 내가 시장하구나."

했거든. 그래서 방학중이 찰떡을 사러 갔다 오는데 자꾸 떡 하나를 올려서 머리를 눌렀다 들었다 하거든. 그것을 본 상전이,

"왜 그러느냐?"

하고 물으니까 방학중 하는 말이,

"아, 머리에서 이가 한 마리 떨어졌는데 아무리 찾아도 없습니다."

이러는 거야. 그래서 상전이,

"에이 이놈, 나쁜 놈 같으니라고. 그 떡 너나 먹어 버려라."

해서 결국 방학중이 술에 찰떡까지 혼자 다 먹었던 거지.

그렇게 서울까지 올라간 상전은 새처방 신분이 높은 사람이 여행을 가서 묵는 숙소을 정해 놓고 과거 볼 날만 기다렸지. 그러면서 방학중에게 당부를 했거든.

"그 말을 조심해서 잘 보아라. 여기서는 말의 눈을 마구 빼 간단다."

"예, 조심하지요."

방학중은 그렇게 대답을 하고는 곧장 마방 마구간을 갖춘 주막집 에 가서 말을 팔아먹었지 뭐야. 그러고는 말굴레를 달라고 해서 허리춤에 차고 있었는데, 과거를 보고 온 상전이 말이 없어진 것을 알고 깜짝 놀라서 물었지.

"아니, 말을 어떻게 했느냐?"

그랬더니 방학중이 자기 허리춤을 들추어 보더니,

"아이구! 그렇지 않아도 눈을 빼 간다고 해서 말굴레를 허리에 계속 차고 다녔는데도 어떤 놈이 그만 말을 훔쳐서 가 버렸나 봅니다."

상전이 이 말을 듣고 하, 기가 막혔지. 집에 갈 일을 생각하니 더 기가 막히고.

그즈음 방학중이 밤새도록 돌아다니다 깊은 밤중에 돌아다니는 사람을 단속하던 순라군巡邏軍 에게 들켜 버렸지. 그때는 밤중에 서울 안을 잘못 돌아다니다가 걸리면 죽이기도 했는데, 그 순라군한테 들켜 버린 거야. 이제 죽었다고 생각한 방학중이 담장에 팔다리를 좌우로 쫙 벌려서 붙어 섰어. 그랬더니 순라군이 그것을 보고 호령을 하면서 말했지.

"이게 무엇인고? 뭐 이런 것이 다 있을꼬?"

그러자 방학중이 대답했지.

"빨래입니다."

"빨래가 어떻게 말을 하는고?"

"입을 것이 없어서 막 짜 널었습니다."

그러자 순라군이 호통을 쳤어.

"이놈, 너는 방학중이 아니냐?"

"그렇습니다."

그런데 웬일인지

"이놈, 가거라."

하며 그냥 보내 주지 뭐야? 그래서 무사히 새처에 도착했지. 그런데 상전은 과거를 잘 보지 못했으니 벼슬은커녕 고향에 내려갈 희망도 없고 말도 빼앗겨 버렸고 노자도 떨어지자 방학중에게 말했어.

"네가 집에 먼저 가거라. 나는 뒤에 차차 내려갈 터이니."

그러고 나서 방학중이 떠나려고 하자,

"돌아서거라."

하더니 방학중의 등에다 사연을 쓰기 시작했지.

"이놈이 집에 도착하면 바로 죽여 버리거라. 이놈이 나와 함께 서울에 올라오면서 술도 빼앗아 마시고 떡도 빼앗아 먹고 말도 팔아먹어서 내가 과거도 못 보고 서울에서 오도 가도 못하고 있다. 그러니 도착하는 즉시 죽여 버리거라."

그런데 이 내용을 모르는 방학중이 집에 가는 길에 주막에 들러서 주막집 주인한테 물었지.

"아, 내 등에 우리 주인이 뭐라고 썼는데 무슨 내용인지 좀 봐 주시오."

그러니까 주막집 주인 하는 말이,

"당신 이대로 집에 가면 그냥 죽게 생겼소. 당신 상전이, 당신과 함께 서울에 올라오면서 술도 빼앗기고 떡도 빼앗기고 말도 빼앗겨 과거도 제대로 못 보고 서울에서 오도 가도 못하게 생겼는데, 그게 다 당신 때문이라고 써 놓았소."

이 말을 들은 방학중이 태연하게 말했어.

"아, 그럼 이렇게 고쳐 써 주시오. 상전이 나 때문에 서울에 가서 과거도 잘 보고, 돌아오다가 죽을 뻔한 위기에서도 나 때문에 몇 번이나 살아났으니 내가 그 집 종이지만 은혜를 크게 입었으니 나를 그 집 사위로 삼으라고 써 주시오."

그래서 술을 받아 주며 말 판 돈을 주막집 주인에게 주자, 주막집 주인이 다시 등에 있는 글을 고쳐서 써 줬지. 등에 사연을 고쳐 쓴 방학중은 훨훨 날듯이 영덕의 집으로 내려 왔어. 집에 도착해 보니 그 집 아들과 부인이 모두 서울 소식을 못 들어서 안절부절 하던 차에 같이 올라갔던 방학중이 내려온 것을 보고,

"도대체 어찌 된 일이냐?"

하고 물었지. 그러자 방학중이 큰 소리로,

"어떻게 되었건 간에 제 등을 한번 보시오."

하면서 자기 등을 보이니까 아들이 읽었는데,

'이 아이 때문에 이번에 가서 벼슬도 하고 오다가 죽을 고비도 넘기고 했으니 그 아이가 우리 집의 노비로 있는 아이건, 천민이건 상관하지 말고 네 누이동생과 결혼을 시켜 너의 매부로 삼아라. 그래서 같이 살면 안 되겠느냐.'

하고 써 놓았더란 말이지. 그래서 어머니께,

"어머니, 아버지께서 이렇게 하라고 일러 주셨습니다."

하고 말을 하니, 어머니가 절대로 안 된다며 펄쩍 뛰었어.

"아무리 그렇다고 해도 이놈을 어찌 네 누이동생과 결혼을 시킨단 말이냐?"

하면서. 하지만 아들이,

"그래도 아버지 명령인데 어떻게 거역을 할 수가 있겠습니까? 방법이 없습니다."

하고 그 길로 날을 받아서 방학중을 그 집 사위로 삼아 버렸지. 그리고 난 다음, 그 상전이 죽을 고생을 하며 벼슬도 못 하고 겨우 집에 내려왔는데 그 망할 방학중 놈이 자기 사위가 되어서 집에 들어앉아 있단 말이야. 이런 일이 어떻게 있을 수가 있냐며 펄쩍 뛰어 보았지만 이미 엎질러진 물이었지. 상전이 가만히 생각해 보니 참으로 기가 막힐 노릇이었거든. 그래서 이제는 이놈을 죽일 수밖에 없다고 생각을 했어. 사람으로서 참 못할 노릇이었지만, 그래도 그놈을 죽이자고 마음을 먹었지. 그래서 상전은 술을 많이 먹고 자기가 정신이 없을 때 술김에 해치우려고 그물망 같은 데에 방학중을 넣었지. 그 앞에는 연못이 있고 연못 옆에는 고목나무가 있었는데, 그 고목나무 가지에 방학중을 넣은 그물망을 걸어 놓고 낫을 장대 위에 묶어서 술을 먹은 김에 그물망을 끊어 버렸어. 그 높은 데서 그물망이 뚝 끊어지면서 떨어져 널부러졌으니 상전은 방학중이 죽었을 것이라고 생각하고 자기는 술에 취해 넘어졌지. 그런데 그 방학중이 상전의 몸 위로 떡하니 올라앉는 거야. 올라앉았는데 웬 관포수 관청에 소속된 포수 가 다리를 절룩절룩 저는 소리를 내며 총을 메고 올라와서는 방학중에게 물었지.

"당신 왜 거기에 올라앉았소?"

"왜 앉았건 말건 당신같이 발을 저는 사람이 한참 이 위에 올라앉아 있으면 다리를 고칠 수 있는데, 나는 이 위에 올라앉아서 이제 다리가 다 나아 간다오."

"아, 그러면 나도 좀 올라앉게 빌려 주시오."

"무슨 소리요, 안 되오. 이렇게 중요한 자리는 당신에게 빌려 줄 수 없소."

"아, 그러면 내가 돈을 얼마 줄 테니 좀 빌려 앉읍시다."

"정 그렇다면 그렇게 하시오."

하면서 방학중이 상전 위에서 내려와서는 포수에게 다시 말을 했지.

"이거 보시오. 나는 이제 다 나았잖소. 그러니 이제 당신이 여기 위에 올라앉으시오."

이 말을 들은 포수가 상전 위에 올라앉았는데 상전이 술이 깬 뒤에 낫을 묶어 놓은 장대를 가지고 자기 몸 위에 올라탄 놈을 향해서 휘두르는 거야. 겁에 질린 포수가,

"아이구, 나는 아무개 관포수인데, 나에게 낫 장대를 휘두르지 마시오."

하고 소리 질렀지만 상전은 자기 몸 위에 올라앉은 사람을 틀림없는 방학중으로 알고서,

"이놈이 무슨 소리를 하는 게야?"

하면서 그만 낫이 달린 장대로 관포수의 몸을 싹둑 끊어 버리고는 물에 빠뜨려 죽여 버렸지. 그러고는 집으로 돌아왔는데, 그사이 다른 곳에서 옷을 잘 차려입고 머리 손질도 한 방학중이 옷깃을 펄럭거리며 집으로 돌아온 거야. 상전은 깜짝 놀라서 큰 소리로 외쳤어.

"아니, 죽은 방학중이 다시 살아오다니! 아, 이놈아, 너는 그때 물에 빠져서 죽었을 텐데 어떻게 살아 왔느냐?"

그러자 방학중이 대답했지.

"아이고, 말도 마십시오. 이 세상에 살지 마시오. 당신이 그때 나를 물에 빠뜨려 죽였을 때 용왕국에 들어가 보니 참 좋더이다. 이 세상에 살 필요가 없더이다. 들어가 보니 희한했습니다."

그러자 장인이 된 상전이 그 말에 솔깃하여,

"그러면 나도 들어가 볼까?"

하면서 물에 풍덩 빠지자 다른 식구들도 따라서 모두 빠졌지. 그러다가 자기 마누라도 따라서 빠지려고 하자,

"거기 가지 마라. 거기 가면 죽는다. 너는 나하고 살자."

라고 하면서 자기 마누라인 그 집 딸을 데리고 남은 집에서 잘 살았더라는 이야기야.

이 글은 경북 안동군에서 전해 오는 이야기입니다. 방학중은 지금부터 약 180년 전, 경상북도 영덕군 강구면 하저리에서 태어난 인물이라고 전해집니다. 조선 후기, 전국적으로 유명했던 평양의 봉이 김선달과 함께 경상북도 지역을 중심으로 해학 넘치는 익살꾼으로 알려졌던 인물이기도 하지요. 미천한 신분인 방학중이 주로 부자나 권력자들의 횡포를 꾀와 속임수로 보복하고, 영악한 서울 사람이나 장사꾼들을 오히려 골탕 먹이며, 선비나 도덕군자를 자처하는 사람들의 위선을 능청스럽게 폭로하는 모습은 마치 영화 속 영웅의 모습처럼, 가진 자들로부터 늘 빼앗기고 당하며 살아야 했던 민중들에게 시원하고 통쾌한 웃음을 던져 주었을 것입니다.

●●●

도둑놈은 혼이 셋이래

신비롭고 경이로운 이야기

석남 가지로 맺은 사랑

김현과 호랑이 처녀

호랑이 가죽을 뒤집어쓰고

도둑놈은 혼이 셋이래

소강절과 동해 용왕

구렁덩덩 신선비

사람의 조상인 밤나무 아들 율범이

석숭의 복

석남 가지로 맺은 사랑

신라의 최항은 자가 석남石南이다. 그는 사랑하는 여인이 있었는데, 부모님의 반대로 몇 달 동안 그녀를 만나지 못했다. 그러던 어느 날 최항이 갑자기 죽어 버렸다.

최항이 죽은 지 여드레째 되던 날이었다. 한밤중에 최항이 여인의 집으로 찾아갔다. 그녀는 최항이 죽었다는 사실을 모른 채 크게 기뻐하며 최항을 맞이했다. 최항은 제 머리에 꽂고 있던 석남나무 가지를 그녀에게 건네며 말했다.

"부모님께서 드디어 당신과 함께 사는 것을 허락하셨소. 그래서 내가 온 거라오."

마침내 최항이 여인을 데리고 자기 집으로 돌아갔다. 그런데 최항이 담을 넘어 집 안으로 들어간 뒤 날이 새도록 아무 소식이 없었다.

그 집안사람이 나와 보고 여인에게 왜 여기에 와 있느냐고 물었다. 그녀는 지난밤 일을 자세히 말해 주었다. 그러자 집안사람이 이렇게 말했다.

"우리 항이가 죽은 지 여드레째로, 오늘이 장사를 지내는 날이오. 왜 그런 말도 안 되는 소리를 하시오?"

"낭군께서 제게 꽂고 있던 석남나무 가지를 나누어 주셨어요. 이 석남나무 가지를 확인해 주세요."

이에 관을 열어 보니, 정말로 시체의 머리에 석남 가지가 꽂혀 있고 옷은 이슬에 젖은 채 신발을 신고 있었다.

비로소 최항이 죽은 것을 알게 된 여인이 통곡하며 따라 죽으려 하자 최항이 다시 살아났다. 두 사람은 그 후 이십 년간 함께 살다가 생을 마쳤다.

이 글은 죽은 이가 다시 살아나 금지된 사랑을 나누었다는 내용의 문헌설화로, 설화의 유형 중 신이담神異譚에 속합니다. 원래 통일 신라 시대의 설화집인 『수이전』에 수록된 이야기는 더 풍부했을 것으로 추측되나, 그만 소실되어 현재는 『대동운부군옥』에 실린 짧은 내용만이 전해지고 있습니다. 원제는 '수삽석남首揷石枏'이며, 이 글에 등장하는 석남꽃은 '노란 만병초'라는 꽃으로 사랑을 다짐하는 징표가 되기도 합니다. 시인 서정주는 이 설화를 바탕으로 「머리에 석남꽃을 꽂고」라는 시를 쓰기도 했습니다.

김현과 호랑이 처녀

신라 풍속에 매년 음력 2월이 되면, 초여드레부터 보름날까지 서울의 남녀가 다투어 모여서 흥륜사의 불전과 불탑을 빙빙 돌며 복을 기원하였다. 신라 제38대 원성왕 때 김현이란 총각이 밤이 이슥하도록 쉬지 않고 홀로 탑을 돌고 있었다. 그런데 웬 처녀가 염불을 하며 김현을 따라서 도는 것이었다. 그러다가 서로 애정을 느껴 눈짓을 주고받았다. 이윽고 탑돌이가 끝나자 두 사람은 함께 으슥한 곳으로 들어가 정을 통했다.

처녀가 집에 돌아가려 하자 김현이 따라나섰다. 처녀는 그러지 말라고 정중하게 거절하였으나 김현은 막무가내로 따라갔다. 처녀는 서산기슭에 이르러 허름한 초가로 들어갔다. 초가에 있던 노파가 처녀에게 물었다.

"따라온 사람은 누구냐?"

처녀가 그간의 사정을 사실대로 털어놓자 노파가 말했다.

"좋은 일이 있었다만 아예 그런 일이 없는 편이 나았겠구나. 하지만 이미 저질러진 일이니 잘잘못을 따져 무엇하겠느냐? 잠깐 한쪽 구석에다 잘 숨겨 두어라. 네 형제들이 악행을 벌일까 두렵구나."

처녀는 김현을 데리고 가서 구석진 곳에다 숨겨 두었다. 잠시 후 호랑이 세 마리가 으르렁거리며 들어오더니 사람의 말로 말했다.

"집 안에서 살코기 누린내가 나는구나. 마침 배가 고픈데 잘됐다."

그러자 노파와 처녀가 함께 꾸짖었다.

"네놈들 코가 좋기도 하구나. 무슨 정신 나간 소리를 하는 게냐?"

그때 하늘에서 외치는 소리가 들려왔다.

"네놈들이 너무 많은 생명을 해치며 즐기고 있구나. 이제 마땅히 한 놈을 죽여 네놈들의 악행을 징계하리라."

세 호랑이는 그 소리를 듣자마자 모두 걱정하는 기색이었다. 처녀가 세 호랑이에게 말했다.

"오빠들이 멀리 피해 가서 자기 잘못을 뉘우치신다면 제가 천벌을 대신 받겠어요."

이 말을 듣고 세 호랑이는 모두 기뻐서 머리를 숙이고 꼬리를 치다가 달아나 버렸다.

처녀가 다시 들어와 김현에게 말했다.

"처음에 저는 낭군께서 우리 집에 오시는 게 참으로 부끄러웠어요. 그래서 오시지 말라고 정중하게 말렸던 거예요. 하지만 이제는 숨길 것이 없으니, 진심을 털어놓겠어요. 제가 낭군님과 비록 종족은 다르지만 하룻저녁을 즐거이 모셨어요. 그러니 우리는 틀림없이 부부의 의리를 맺은 사이예요. 이제 하늘이 세 오빠의 악행을 미워하시니, 우리 집안에 미칠 재앙을 제가 모두 감수甘受 책망이나 괴로움 따위를 달갑게 받아들임 하려고 해요. 이왕 죽을 몸, 아무 상관도 없는 남의 손에 죽느니보다는 차라리 낭군님의 칼 아래에 엎드려 낭군님의 은덕을 갚고 싶어요. 제가 내일 시장에 들어가 마구 사람을 해치면, 아무도 저를 어쩌지 못할 거예요. 그러면 임금께서 반드시 높은 벼슬을 걸고 사람을 모아 저를 잡으려 할 거예요. 그때 낭군님은 겁내지 마시고 저를 쫓아 성 북쪽 숲 속까지 오세요. 거기서 제가 낭군님을 기다리고 있을게요."

처녀의 말이 끝나자 김현이 말했다.

"사람과 사람이 사귀는 것은 떳떳한 인륜의 도리이지만 다른 종족과 사귀는 것은 떳떳한 일이 아니오. 그러나 이미 조용히 만나 즐겁게 지냈으니, 이 또한 진실로 하늘이 주신 뜻밖의 행운이오. 어찌 차마 배필配匹 부부로서의 짝 의 죽음을 팔아 세상의 벼슬을 바란단 말이오?"

"낭군님, 그런 말씀일랑 하지 마세요. 이제 제 목숨이 짧은 것은 하늘의 명령이자 또한 제 소원이어요. 아울러 이것은 낭군님에게는 경사가 되고, 우리 가족에게는 복이 되며, 사람들에게는 기쁨이 되기도 해요. 제가 한 번 죽으면 이렇게 다섯 가지 이득을 얻을 수 있어요. 그러니 어찌 이것을 마다하겠어요? 다만 저를 위해 절을 짓고 불경을 강독하여 제가 좋은 업보를 얻도록 도와주시기만 한다면 낭군님의 은혜는 이루 말할 수 없을 거예요."

그들은 마침내 서로 울면서 작별하였다.

다음 날 과연 사나운 호랑이가 성 안에 들어와 사람들을 마구 해치고 다니니, 아무도 감히 당해 낼 수 없었다.

원성왕이 이 소식을 듣고 영令을 내렸다.

"호랑이를 잡는 자에게 2급의 벼슬을 주겠노라."

김현이 대궐에 나아가 아뢰었다.

"제가 호랑이를 잡겠습니다."

왕은 먼저 벼슬을 내려 김현을 격려하였다. 김현이 칼을 쥐고 숲 속으로 들어가자 호랑이가 처녀로 변해 반갑게 웃으면서 말했다.

"지난밤 낭군님과 함께 깊은 정을 나누며 헤어지기 아쉬웠던 일, 부디 잊지 마셔요. 오늘 제 발톱에 다친 사람들은 흥륜사의 간장을 바르고 나팔 소리를 들려주면 모두 나을 거예요."

말을 마치자 처녀는 김현이 찬 칼을 뽑아 스스로 목을 찔러 고꾸라졌는데, 곧 호랑이가 되었다.

김현이 숲에서 나와 외쳤다.

"이제 막 호랑이를 쉽게 잡았다."

그러나 그 사연은 숨긴 채 입 밖에 내지 않았다. 다만 호랑이 처녀가 알려 준 대로 호랑이에게 물린 사람들을 치료했더니 상처가 모두 나았다. 지금도 민간에서는 호랑이에게 물린 상처에 그 방법을 쓰고 있다.

김현은 벼슬에 오르자, 서천가에 절을 짓고 호원사虎願寺, 곧 '호랑이 소원에 따라 지은 절'이라 하였다. 항상 범망경을 강독하여 호랑이의 저승길을 인도하고 호랑이가 제 몸을 죽여 자신을 성공시켜 준 은혜에 보답하였다.

김현은 죽음을 앞두고, 지난 일의 신비로움에 깊이 감동하여 새삼 붓을 들어 기록하여 전하였다. 그제야 세상 사람들이 김현과 호랑이에 얽힌 일을 알게 되었다. 그래서 그 책 이름을 『논호림論虎林』, 곧 '호랑이가 나타났던 숲에 대한 글'이라 하였는데, 그 숲 이름이 지금까지 전해 오고 있다.

호랑이 가죽을 뒤집어쓰고

신라 제 38대 원성왕 9년에 벼슬 없이 지내던 신도징이 한주 신라 때 구주九州 가운데 하나로 지금의 경기도 광주에 해당하는 곳 십방현의 관리로 임명되었다. 신도징이 임지任地로 가던 길에 진부현에서 동쪽으로 십 리 쯤 떨어진 곳을 지날 때였다. 갑자기 눈보라가 치고 매서운 추위가 닥쳐 신도징이 탄 말이 한 발짝도 앞으로 나아가지 못하였다. 마침 길옆에 허름한 초가가 있어서 신도징은 그 집에서 쉬어 가기로 하였다.

집에 들어가 보니 불을 피워 놓아 집 안이 매우 훈훈하였다. 등불 밑에서 늙은 부부와 처녀가 화롯가에 둘러앉아 불을 쬐고 있었다. 처녀는 열네댓 살쯤 되어 보였다. 처녀는 비록 머리가 헝클어지고 때 묻은 옷을 입고 있었으나 눈처럼 흰 살결과 꽃다운 얼굴을 지니고 있었다. 게다가 처녀의 움직임 하나하나가 곱고 아름다웠다.

늙은 부부가 신도징이 들어오는 것을 보자 급히 일어서며 말했다.

"손님께서 매서운 추위와 눈보라를 만나셨군요. 어서 이쪽으로 오셔서 불을 쬐시지요."

신도징은 눈보라가 그치기를 기다리며 한참 동안 앉아 있었다. 그러나 날은 이미 저물었는데 눈보라는 그칠 줄을 몰랐다. 신도징은 노인에게 정중하게 부탁하였다.

"서쪽으로 십방현까지 가려면 아직도 갈 길이 먼데……. 여기서 하룻밤 묵어가도 괜찮겠습니까?"

"집이 쑥대로 지어 누추하기 그지없으나, 괜찮으시다면 묵어가시겠다는 말씀을 받들겠습니다."

드디어 신도징은 말안장을 풀고 잠자리를 펼쳤다. 노부부의 딸은 손님이 묵으려 하자 얼굴을 닦고 곱게 단장을 하였다. 처녀가 휘장을 걷어 올리며 나오는데 조용하면서도 품위 있는 태도가 신도징이 처음 보았을 때보다 훨씬 돋보였다. 신도징은 아름다운 처녀의 모습에 반하고 말았다.

신도징은 노부부에게 청혼을 하였다.

"따님은 어리지만 총명과 지혜가 남보다 매우 뛰어납니다. 다행히 아직 혼례를 올리지 않았다면, 감히 저와 혼인시켜 주시기를 청합니다. 어떻게 생각하십니까?"

그러자 노인이 말하였다.

"생각지도 않았으나 존귀하신 손님께서 거두어 주신다면 감사할 따름입니다. 이 또한 인연이 아니겠습니까?"

신도징은 마침내 사위의 예를 올렸다.

이윽고 신도징은 타고 온 말에 아내를 태우고 길을 나섰다. 십방현의 관리로 부임해 보니 봉급이 너무 적어 생활이 여유롭지 않았다. 그러나 아내가 힘써 집안 살림을 돌보았으므로 마음에 즐거운 일뿐이었다.

그 후 임기가 차서 돌아가려 할 때에는 이미 아들 하나, 딸 하나를 두었는데 모두 총명하고 지혜로웠다. 신도징은 이러한 행복을 가져다 준 아내를 더욱 공경하고 사랑하였다.

일찍이 신도징이 자기 마음을 담아 아내에게 시를 지어 준 적이 있었다.

한번 벼슬하니, 아내 돌보지 않았다는 매복이 부끄럽고,
삼 년 지나니, 남편 잘 섬겼다는 맹광이 부끄럽구나.
우리의 정 어디다 견줄까?
냇물 위 한 쌍의 원앙이어라.

아내는 온종일 신도징이 준 시를 읊으며 속으로는 화답하는 듯했으나 입 밖에 내지는 않았다.

어느덧 임기를 마치고 신도징은 벼슬을 그만두었다. 신도징이 가족을 모두 데리고 본가로 돌아가려 하자 아내가 문득 슬픈 얼굴로 말했다.

"저번에 주신 시 한 편에 화답할 것이 있습니다."

그녀는 이렇게 읊었다.

부부의 정이 비록 소중하지만,

산림에 돌아갈 뜻 더욱 깊구나.

시절이 바뀌면,

백년해로 저버릴까 언제나 마음 졸였네.

신도징은 아내의 시가 마음에 걸렸지만 함께 길을 나섰다. 고향으로 가던 중 신도징은 드디어 아내를 처음 만났던 초가에 들렀다. 그러나 초가에는 사람 그림자도 보이지 않았다.

아내는 부모를 그리워하는 마음이 뼈에 사무쳐 온종일 울기만 하였다. 그러던 아내가 문득 벽 모퉁이에 걸린 호랑이 가죽을 발견하자 울음을 뚝 그치고 환하게 웃으며 말했다.

"이 물건이 아직까지 여기에 남아 있는 것을 몰랐구나!"

마침내 아내가 호랑이 가죽을 뒤집어쓰자마자 호랑이로 변하였다. 호랑이는 닥치는 대로 붙잡고 할퀴다가 문을 박차고 나가 버렸다. 신도징은 놀라서 넋을 잃고 피해 있다가, 두 아이를 데리고 호랑이가 사라진 길을 물끄러미 바라보았다.

신도징은 며칠 동안 숲이 우거진 산을 바라보며 큰 소리로 울었다. 그러나 끝내 호랑이가 어디로 갔는지는 알 수가 없었다.

앞의 두 이야기는 『삼국유사三國遺事』의 「감통」 편에 '김현감호金現感虎'라는 제목으로 나란히 실려 있습니다. 일연一然 1206~1289이 지은 『삼국유사』는 삼국 시대 이전 우리 선조들의 삶을 담고 있는 소중한 역사적 사료이자 문학적 보고라 할 수 있지요. 왕력, 기이, 흥법, 탑상, 의해, 신주, 감통, 도은, 효선 등 모두 9편으로 구성되어 있는데, 철저히 유교적 관점에서 쓰인 『삼국사기三國史記』에 비해 옛사람들의 풍습과 신앙, 예술 등 다양한 삶의 모습을 알 수가 있습니다.

여기에 실려 있는 두 이야기에는 모두 여인으로 변한 호랑이가 등장하고 있네요. 어찌 보면 황당무계한 이야기로 들릴지 모르지만, 그래도 독자로 하여금 재미와 함께 가슴 따뜻한 감동과 안타까움을 전해 줍니다. 특히 김현이라는 한 남자를 사랑하여 자신의 모든 것을 희생하는 호랑이 처녀의 모습에서 인간으로서 배워야 할 점도 생각해 보게 됩니다. 이처럼 호랑이를 소재로 한 이야기가 당대에 유행했다는 점, 호랑이의 은혜에 보답하기 위해 절을 지었다는 일화 등을 통해 신라 시대 사람들의 사고방식을 이해할 수 있습니다.

도둑놈은 혼이 셋이래

도둑놈은 혼이 셋이래. 예전에 어떤 사람이 시집을 갔는데, 알고 보니 그 집이 도둑놈 집이었던 거야. 색시는 신랑이 도둑질을 해서 훔쳐 나르는 게, 도둑질을 해 들이는 게 그렇게 야속하더래.

하루는 신랑이 밤에 도둑질을 해다 놓고는 비가 철철 오는데 그냥 자고 있었어. 그 옆에 앉아서 색시가 바느질을 하고 있는데 신랑 코에서 글쎄 빨간 생쥐 세 마리가 나오는 거야. 그런데 코에서 나온 그 빨간 생쥐 세 마리가 문지방을 넘어가려고 하는데, 그걸 넘지 못해서 애를 쓰기에 색시가 문지방 쪽으로 자尺를 가져다 걸쳐 줬더니 그제야 문지방을 넘어가더래. 그랬더니 이번에는 마루 끝에서 또 못 가고 있는 거야. 그래서 다시 마루 끝에 자를 비스듬하게 놔 줬더니 그제야 또 건너간 거야. 이제 생쥐 세 마리는 마당으로 나왔는데, 마당에는 지붕

추녀에서 떨어진 물이 고여 있는 데가 있을 거 아니겠어? 그런데 비가 오니까 그 물 고인 데가 생쥐한테는 강으로 보였던지 그 강을 못 건너서 또 그렇게 애를 쓰더래. 그래서 색시가 또다시 자로 다리를 놓아 주어서 생쥐를 건네줬어. 그랬더니 시원스럽게 쪼르르 자를 타고 가더라네. 그렇게 가더니 얼마큼 있다가 다시 생쥐 세 마리가 돌아오더래. 돌아오려고 하는데 또 오지를 못해서 애를 쓰니까 그 색시가 서서 지키고 있다가 자를 놓아 주어 이번에도 그것을 타고 들어왔지. 그래서 다시 마루로 올라오고, 다시 방으로 들어온 거지. 그렇게 두 마리가 방으로 들어가고 나머지 한 마리가 들어오려고 할 때였어. 색시가 자로 그놈을 톡 때려잡았대. 그러고 나서 얼마 뒤에 잠을 자던 신랑이 기지개를 부드드 켜면서,

"아, 실컷 잘 잤다."

하며 일어나더래. 그래서 색시가 물었지.

"잘 잤수?"

그러니까 남편이,

"그래 잘 잤다."

라고 하더니 꿈을 하나 꾸었다고 하더래.

그래서 색시가

"왜, 또 어디 가서 도둑질 해 올 데를 봤군요?"

하고 물으니까,

"봤소, 봤는데……. 꿈속에서 아무 데 아무 데 무슨 집에 가니까 아주 큰 독으로 쌀이 몇 독이나 있고, 광에 들어가니까 밀가루도 한 독 있고, 그렇더군."

하더래. 그래서 색시가 일부러,

"그러면 그것을 가져오지 그랬수?"

하고 말하니까 신랑이,

"아니야. 어휴 무서워서 못 가지. 내가 꿈을 꾸고 나니까, 전에는 안 그랬는데……."

하면서 자기가 꾼 꿈 이야기를 하더랍니다. 어디로 와서 다리를 누가 놓아 주어서 그 다리를 건너가고, 또 강물을 건너가지 못하고 있으니까 누가 또 다리를 놓아 주어서 그 다리를 건너서 그곳을 갔다 왔다고. 그렇게 신랑이 자기가 꾸었던 꿈 이야기를 하는데 그 이야기 내용이 색시가 밤에 생쥐에게 해 주었던 것과 똑같은 거야. 그러면서 신랑이,

"그렇게 해서 다녀왔는데, 내가 이제는 무서워서 못 가겠다. 도둑질을 못 하겠다."

하더래.

그래서 보통 사람은 혼이 둘인데, 도둑놈은 혼이 셋이라는 말이 있어. 다른 사람보다 혼이 하나 더 있어서 그 혼이 도둑질을 한다는 그런 이야기야.

이 글은 경기도 남양주군에서 전해 오는 설화로 도둑질을 하려면 일반 사람들보다 대담해야 한다고 생각했던 옛사람들의 인식이 반영된 이야기입니다. 도둑이 잠든 사이, 도둑의 몸속에서 나온 생쥐 세 마리 중에서 하나를 때려잡자 도둑질을 그만두었다는 이야기로, 옛날 사람들이 사람의 혼을 생쥐와 같은 살아 있는 생물로 생각했다는 발상이 무척 독특하고 재미있습니다.

소강절과 동해 용왕

중국 송나라 때 소강절이라는 유학자가 있었는데, 그 사람은 아주 유명하고 또 점을 잘 쳐서 모든 세상일을 잘 알던 그런 양반이었지. 그 양반이 제자 몇 십 명을 데리고 글을 가르친 일이 있는데 그중에 한 제자가 아주 효자였어. 하지만 살기가 어려워서 부모를 공경하려고 해도 돈을 들여서는 어떻게 할 수가 없었지. 그래서 그 아이가 그 글방에서 공부를 하다가 해가 조금 남았을 때 쯤 집에 돌아와서는 얼개미 '굵은 체'를 뜻하는 방언 같은 것을 가지고 일을 가는데, 그 아이가 살던 데가 강가였거든. 그래서 날마다 강가에 가서 물고기를 잡아다 자기 아버지 반찬을 해 드렸어. 그런 사실을 얘기하지 않아도 소강절 선생이 다 알고서,

'하하, 그놈 효성이 지극하니 그놈이 힘들지 않게 부모 공경을 할 수 있도록 해 주어야겠다'.

하고 생각을 했지.

하루는 아이가 얼른 집에 가야 물고기를 잡아서 아버지 반찬을 해 드릴 텐데 어쩐 일인지 해가 늦도록 선생님이 안 보내 주더란 말이지. 아, 이거 큰일 났다고 생각한 아이가 말했어.

"저, 선생님! 제가 집에 가야 하는데 지금 늦었습니다."

"아, 왜 가는 것이냐?"

"제가 저희 아버님께 딱히 해 드릴 반찬이 없어서 여기 글방에서 나가면 생선을 잡아서 반찬을 해 드리곤 했는데 오늘은 좀 늦었습니다. 그래도 강에 가서 생선을 잡아야겠습니다."

이렇게 사정을 말했지만 소강절 선생은,

"음……. 그래도 조금 더 있다가 가거라."

라고만 하고 보내 줄 생각을 안 하는 거야.

해가 기웃기웃 넘어가자, 소강절 선생은 그제야 이렇게 말했지.

"이제 가 보거라. 네가 가는 도중에 물고기 한 마리가 강둑에 있을 것이니 그것을 가져다 아버지께 반찬을 해 드려라."

아이가 집에 오는 길에 보니까 정말 큰 물고기가 강둑에서 펄떡펄떡 뛰고 있더란 말이지. 그래서 그놈을 가져가서 아버지께 반찬을 해 드렸는데 그 뒤부터는 날마다 그렇게 한 마리씩 튀어 나오는 게야. 이게 어떻게 된 일이고 하니, 소강절 선생이 재주를 부려서 물고기를 잡아 왔던 게지.

그런데 동해 용왕이 가만히 생각해 보니, 소강절 선생을 그냥 두었다가는 자기 신하인 물고기를 다 잃어버리겠거든? 게다가 날마다 그렇게 굵은 잉어만 잡아내가니 안 되겠단 말이야. 그래서 소강절 선생을 없애야지 그대로 두어서는 안 되겠다고 생각한 동해 용왕이 어느 날 저녁에 소강절 선생의 꿈에 나타나서는 이렇게 말을 했지.

"그대가 점을 그렇게 잘 친다니 나와 내기를 한번 해 보세."

"무슨 내기를 할까요?"

하고 소강절 선생이 물으니까 동해 용왕이 말했어.

"어느 날 몇 시쯤에 비가 얼마나 올지 맞추는 내기를 하세."

이 말을 들은 소강절 선생이 한참 생각을 하더니만

"아무 날 아무 시에 구름이 모여서 비가 오는데, 아무 시에 석 자 세 치 한 자는 30.3㎝이고 한 치는 한 자의 십분의 일이므로, 석 자 세 치는 약 1m 정도 만큼 내리겠습니다."

라고 했지. 그러자 용왕이,

"반드시 그렇겠는가?"

라고 했어. 그런데 비는 동해 용왕의 마음대로 뿌리는 것이어서 석 자를 주려면 석 자를 주고, 세 치를 더 주려면 더 줄 수 있고 덜 주려면 덜 줄 수 있는 것이라 소강절 선생을 동해 용왕이 이기기는 쉽단 말이지. 그래서 용왕이 다시 한 번,

"아, 그러한가?"

하고는 헤어져서 돌아갔어.

그런데 소강절 선생이 말한 그날, 글쎄 하늘에서 옥황상제가 동해 용왕에게 명령하기를,

"아무 날 아무 시에 구름을 모아서 아무 시에 석 자 세 치의 비를 내리게 하라."

라고 하는 게야. 하, 이거 용왕이 생각을 하니 참 소강절 선생이 용하기는 용하거든.

하지만 용왕은 그 명령을 따르지 않았어.

'오냐, 내 마음대로 주는 것이니…….'

하면서 석 자 세 치를 주라는 것을 석 자만 주고 세 치를 안 줬지. 그러니 이제 소강절 선생이 진 게 아니냔 말이야. 그러고 나서 용왕이 다시 소강절 선생 꿈에 나타나서는,

"그대가 석 자 세 치의 비가 내린다고 했지만 내가 석 자만 주고 세 치를 주지 않았으니 그대가 진 것이 아닌가? 그러니 그대는 내 손에

죽어야 하느니라."

라고 말했지. 그런데 소강절 선생이 전혀 놀라지 않고 이렇게 말하는 거야.

"내가 죽는 것보다 그대가 먼저 죽을 것이오."

"아니, 내가 먼저 죽다니. 어째서 그러한가?"

"옥황상제께서 석 자 세 치의 비를 주라고 하신 것을 그대 마음대로 석 자만 주고 세 치를 주지 않았소. 이는 상전의 명령을 어긴 것이니 그대가 어찌 살 수 있겠느냐?"

용왕이 생각하기에 맞는 말이거든.

"그럼 어떻게 하면 내가 살겠는가?"

하고 이제는 용왕이 소강절 선생에게 살려달라고 목을 매는 게야.

"그대가 그렇게 애원을 하며 살고 싶어 하니 내 말을 잘 들으면 살 것이고, 그렇지 않으면 죽을 것이다."

"아이고, 어떻게 하든지 무슨 말이든지 듣겠소."

"아무 날 당신의 목이 떨어질 텐데, 이 길로 당나라에 가서 당 태종을 만나게. 당 태종의 신하 중에 우징이라는 사람이 있는데 그 사람이 낮에는 당 태종의 신하 노릇을 하고 밤에는 옥황상제의 신하 노릇을 하네. 그 우징의 손에 당신이 죽을 텐데, 우징이 내일 몇 시에 잠을 못

자게 하면 하늘에 올라가지 못해서 당신은 살 수 있고, 만약 우징이 잠을 자면 당신의 목을 베게 될 것이니 당 태종에게 부탁을 하게."

그래서 용왕이 당 태종을 찾아가 그런 부탁을 하니까,

"하, 그거야 염려 마십시오."

하는 게야.

그런데 당 태종이 가만히 생각을 하니까 우징을 잠 못 자게 할 방법이 없단 말이야. 그래서 당 태종이 '아, 이거 안 되겠다.' 생각하고 장기를 두자고 했는데, 서로 목을 베는 내기를 한 게야. 임금이 지면 임금의 목이 떨어지고, 신하인 우징이 지면 우징의 목을 떨어뜨리기로 약속을 하고 내기 장기를 두는 게지. 한참 장기를 두다가 거의 장기가 끝나가는데 당 태종이 지게 생겼단 말이지. 도무지 이길 방법이 없어. 그래서 팔짱을 끼고 장기판만 들여다보면서 위기를 모면할 궁리를 한참 오래 했던 게지. 그런데 아, 그렇게 오래 들여다보니까 우징이가 잠이 든 게야. 눈을 감고 잠이 들었단 말이야. 그래 당 태종이 장기를 들었다 놓으면서,

"하, 이런 큰 내기 장기를 두다가 무슨 잠을 자느냐?"

하니까 우징이 대답하기를,

"아이구, 이거 참 이상합니다."

하는 거야.

"무엇이 이상한가?"

"아, 지금 옥황상제 계신 곳에 올라갈 시간이 지나서 부랴사랴 올라가 보니, 옥황상제께서 동해 용왕의 목을 베고 오라고 하여 방금 동해 용왕의 목을 베고 왔습니다."

하더라는 게야.

이렇게 소강절 선생은 점을 잘 쳐서 앞일을 참 잘 아는 분이라는 이야기지.

이 글은 경기도 안성군에서 전해 오는 설화입니다. 소강절은 중국 송나라 때의 유학자 소옹邵雍 1011~1077으로, 유교의 대표적 경전인 『역경易經』을 공부하여 성리학의 이상주의 학파 형성에 큰 영향을 준 인물입니다. 『주역』이라고도 불리는 이 경전은 세계의 변화 원리를 탐구하는 학문을 다루고 있으며 앞일을 계산에 의해 예측하기 때문에 점을 보는 데 이용되기도 하지요. 그래서 민간에서는 소강절이 점을 잘 보는 사람으로 알려져 있기도 합니다. 신이한 존재인 용왕과의 내기에서 유학자인 소강절이 이겼다는 것은 신이 주관하는 영역이라 여기는 미래 역시, 학문을 통해 예측할 수 있다는 자신감으로도 해석됩니다.

구렁덩덩 신선비

옛날에 가난한 살림을 하는 모자가 살고 있었어. 봄이 되어 남들은 모두 밭도 갈고 논도 갈았는데, 이 집에는 그런 논밭은 없고 산비탈에 아주 작은 밭뙈기 하나가 있었지. 그런데 장가를 가지 않은 총각 아들이 어찌나 게으른지 일은 하지 않고 밤낮 잠만 자고, 아랫목에서 밥 먹으면 윗목에서 똥을 누는 그야말로 지독한 게으름뱅이였지 뭐야.

그런 아들에게 봄이 되자 어머니가 말했어.

"남들은 봄이 되어 모두 논밭에 씨앗을 뿌리는데, 우리는 먹고 살기도 힘든데 너는 어떻게 이리 게으를 수가 있느냐?"

그러자 아들이 말했지.

"아, 우리에게 논밭을 갈 연장이 있소? 뿌릴 씨가 있소?"

이 말을 들은 어머니는,

"걱정 말아라. 이웃집 장자네 큰 부자를 점잖게 이른 말 집에 가서 괭이도 얻어다 주고 쇠스랑도 얻어다 주고 씨앗도 얻어다 줄 것이니 걱정 말고 어서 가서 밭만 파거라."
라고 했지.

그러자 아들이 어머니에게 다시 말했어.

"그러면 이따가 점심밥이나 내오세요."

씨 뿌릴 밭에 가서 일을 좀 하던 게으른 아들은 쇠스랑 자루를 베고 또 낮잠을 잤어. 어머니가 점심밥을 해가지고 아들이 일하는 데를 가 보니 쿨쿨 낮잠만 자고 있었지.

"얘야, 일어나서 어서 밥 먹고 일을 하여라."

그러자 아들이 일어나 밥을 먹고 어머니에게 한다는 말이,

"어머니, 내가 밭을 파다가 꿩의 알이 나와 저기에다 많이 주워 놓았으니 가서 삶아 잡수시오."
라고 하잖아. 이 말을 들은 어머니가 가서 보니 그것은 꿩의 알이 아니라 하얀 구렁이알이었어. 구렁이알을 본 사람은 알겠지만 구렁이알은 아주 희어서 하늘에서 내리는 눈보다도 더 하얀 빛이지. 그런 알을 아들이 땅에다 줄을 지어서 약간 눕혀서 한 줄로 만들어 쌓아 놓았지 뭐야. 어머니는 그 알을 밥 광주리에 담아가지고 갔지. 그런데 그 구렁이

알이 터지면 노른자가 나오고, 그 알을 삶으면 전부 노랗게 되거든. 아주 맛이 좋은 달걀노른자 같지. 그런데 그것을 어머니가 삶아서 먹었단 말이야.

그러자 그 어머니에게 그달부터 태기가 있더니 구렁이 아들을 낳았어. 그런데 그 구렁이는 길이도 굉장히 길고 귀도 돋치고 금빛이 번쩍번쩍 나더란 말이지. 비록 구렁이였지만 어머니는 자기가 낳은 자식이라고 젖을 먹였어. 멱둥구미 짚으로 둥글고 울이 깊게 결어 만든 그릇 에 그 구렁이를 담아서. 그런데 그 구렁이가 자기가 알아서 나간다고 문구멍만 뚫어 놓으라고 그러더라는 거야. 그래서 구렁이가 스르르 나가면 문 바깥에다 멱둥구미에 담아 놓고 삿갓으로 그 위를 폭 덮어 놓았지.

그 과부 어머니의 배가 불렀다가 꺼졌으니 아기를 낳은 것은 분명한데, 마을 사람들은 어머니가 구렁이를 뱄다가 낳은 줄은 모르고 그저 과부가 아기를 뱄으니 좀 색다른 눈으로 봤겠지?

그 옆집 장자네에 딸 세 자매가 있었는데, 하루는 큰딸이 와서 묻는 거야.

"할머니, 아기 낳았다고 하더니 아기가 어디에 있어요? 왜 방에 아기가 없어요?"

"뒤꼍에, 저 멱둥구미 안에 삿갓으로 덮어 놓았다."

이 말을 들은 장자네 큰딸이 가서 보더니 까무러치듯 죽는 시늉을 하더니,

"아이구! 징그러워라. 아기를 낳았다더니 구렁이를 낳았네. 아이구, 더러워."

하면서 침을 탁탁탁탁 뱉고 돌아갔어. 그다음에 둘째 딸이 오더니 또,

"아기 구경 좀 할게요."

그러는 거야.

"저 뒤꼍에 삿갓으로 덮어 놓았다."

둘째 딸이 가서 보더니 침을 또 탁탁탁 뱉으면서 더럽다고 하더니,

"아기 낳았다더니 겨우 구렁이를 낳아 놓았네."

하며 핑 도망을 갔지. 또 얼마 안 있다가 셋째 딸이 오더니 똑같이 물어봤어. 그러자 과부 어머니가 같은 대답을 해 주었지. 그런데 셋째 딸은 가서 열어 보더니 아주 반가워하며,

"아이구, 구렁덩덩 신선비를 낳았네요, 할머니."

그러는 거야. 자기 언니들은 침을 탁탁 뱉었는데 막내딸은 흐뭇하게 웃으며,

"구렁덩덩 신선비를 낳았네."

하니까 구렁이가 그 말이 제일 듣기 좋았던 모양인지 그 막내딸이 돌아간 다음에,

"어머니, 어머니! 나 그 장자네 셋째 딸한테 장가를 좀 보내 주시오."

했단 말이야. 그러자 어머니가,

"아이구, 얘야. 어쩌자고 그런 말을 하는 거냐? 어찌 너 같은 구렁이가 그런 처녀에게 장가를 간다고 해?"

하고 말하니 구렁이가,

"그래도 가서 말씀이나 한번 해 보시오. 만일에 그런 말을 해서 나를 그 처녀에게 장가를 보내지 않으면 한 손에는 불을 들고 다른 한 손에는 칼을 들고 내가 나온 뱃속으로 다시 들어갈랍니다."

이러는 거야. 그러니 이거 큰일이 났지. 어머니는 구렁이 말을 들으니 무섭기는 하고, 또 다른 한 편으로는 자식이라고 낳아 놓은 구렁이가 한 손에는 칼을 들고 다른 한 손에는 불을 들고 나온 뱃속으로 다시 되돌아간다니, 어머니로서 어떻게 할 도리가 없었지. 그래서 장자네로 가서 우두커니 안방과 마루 사이에 있는 상기둥 안방과 마루 사이에 있는 가장 중요한 기둥 을 붙들고 마루에 나와 서 있으니까 장자네 부인이 나와서는,

"얘야, 저 할멈네 집에 된장이 다 떨어졌든지 간장이 떨어졌든지 한

가 보다. 가서 된장 한 뚝배기 퍼서 좀 주어라."

그래서 과부 어머니는 말도 못 하고 그냥 된장 뚝배기만 받아가지고 돌아왔지. 그랬더니 이 구렁이가 다시 나와서,

"어머니, 그 말을 가서 못 했소?"

하는 거야.

"차마 못 했다."

"나 그러면 한 손에 칼 들고 한 손에 불 들고 내가 나온 뱃속으로 다시 들어갈랍니다."

이렇게 위협을 하니, 과부 어머니가 또 장자네로 가서는 다시 상기둥을 붙잡고 그저 넋 놓고 서 있으니까 장자네 부인이 이번에는,

"아마도 배추김치가 떨어졌나 보다."

하고는 배추김치 한 뚝배기를 주는 바람에 또 아무 말도 못 하고 배추김치만 받아서 돌아왔지. 그러니까 이 구렁이가 들어오더니 또 이렇게 말을 하는 거야.

"어머니가 정 그러시면 정말 한 손에 칼 들고 한 손에 불 들고 내가 나온 뱃속으로 다시 들어갈랍니다."

이 말을 듣고 이제는 할 수 없이 모진 마음을 먹고서 과부 어머니가 장자네로 가서는 그 말을 했어.

"내가 구렁이알을 먹고 자식을 낳았는데 그게 구렁이였어요. 그런데 댁의 따님들이 차례로 와서 구렁이를 보고는 큰따님도 더럽고 징그럽다며 침을 뱉고 가고, 둘째 따님도 똑같이 했는데, 셋째 따님만 와서 '구렁덩덩 신선비가 나셨다.'고 말하고는 돌아갔지요. 그런데 자꾸 이 구렁이가 셋째 따님한테 장가를 꼭 보내달라고 저렇게 조르니, 이를 어떻게 해야 하겠습니까?"

그러자 장자 내외가 두말 하지 않고 딸 세 자매를 불러 앉혀서는 먼저 큰딸에게 물으니 큰딸이,

"아이구, 흉측하고 끔찍한 말씀 마세요. 누가 구렁이한테 시집을 가겠어요?"

하면서 도망을 가 버렸어. 둘째 딸도 큰딸과 똑같이 하고 나갔지. 이번에는 셋째 딸을 불러다 앉히고 그 말을 하자 셋째 딸 하는 말이,

"그것을 제가 어떻게 제 마음대로 하겠습니까? 부모님께서 하라고 하시면 해야지, 제가 어떻게 하겠습니까?"

그래서 장자 내외가 허락을 하고 날을 잡았지. 그 이야기를 구렁이에게 전하자 구렁이가 좋아하면서,

"어머니, 그러면 그날 빨랫줄을 받치는 바지랑대 하나를 가져다가 장자네 담벼락에 기대어 놓아 주오."

라고 말을 했지. 그래서 마당에서 혼례를 하기 위해 초례청醮禮廳 옛날에 전통으로 결혼을 치르기 위해 차려놓은 장소 을 차려 놓고 담에 바지랑대를 기대어 놓아 주었더니 구렁이가 기엄기엄 담으로 올라가서는 바지랑대를 타고 초례청 앞에 혼례를 치르는 자리에 가서 구부정하게, 마치 사람에게 무릎을 꿇는 시늉을 하면서 구부리고 앉아서 혼례를 치렀지. 그러고 나서 그날 밤에 첫날밤을 지내려고 방을 꾸몄는데 두 언니들이 동생을 가리키며,

"아이구, 저 더러운 동생을 봐. 저런 동생하고는 밥도 같이 못 먹고 잠도 같이 못 자겠어. 구렁이하고 사는 더러운 동생을 어떻게 하지?"

하면서 문구멍에 대고 욕을 하는 거야. 그러거나 말거나 내버려 두자 언니들은 스스로 지쳐서 자기들 방으로 가서 잠이 들었지. 그렇게 한밤중이 되었는데 갑자기 안개와 구름이 자욱하게 끼면서 눈앞도 보이지 않게 되고 첫날밤을 밝히던 등촉도 빛을 잃었지. 그러더니 얼마 후에 아주 향기로운 냄새가 나면서 안개와 구름이 걷히더니 구렁이는 온데간데없고 잘생긴 선비 신랑이 앉아있는 거야. 그러면서 하는 말이,

"내가 하늘에서 죄를 짓고 몹쓸 구렁이의 탈을 쓰고서 이 세상에 태어났는데 오늘에야 이 허물을 벗을 수 있게 되었네. 그런데 오늘 밤에 바로 집을 떠나서 어디로 가야 하는데 내가 벗은 이 허물을 잘 간직하

고 있어야 나를 다시 만날 수 있네. 만약 이 허물을 태운다든지 잃어버린다든지 하면 당신과 나는 생전에 다시 만날 수가 없을 것이오. 게다가 만약 이 허물을 태운다면 내가 천 리 먼 곳에 있다고 하더라도 허물 타는 냄새를 맡을 수 있을 것이오. 그러니 이것을 잘 간직하고 있으면 만날 때가 되었을 때 이 허물이 훗날 서로를 확인할 수 있는 증거가 될 수 있을 것이니 그런 줄 알고 계시오."

하면서 자기가 벗은 구렁이의 허물을 잘 접어서 셋째 딸에게 건네주고는 온데간데없이 사라져 버렸어. 그런데 두 언니가 이 일을 어찌어찌 알고는 어떻게 해서든 그 사실을 밝히려고 애를 썼지. 셋째 딸은 선비가 된 신랑을 꼭 만나기 위해 구렁이의 허물을 항상 간직하고 있었는데 두 언니는 얄미울 정도로 시샘을 하면서 어찌나 그 사실을 밝혀내려고 하는지 도저히 감출 수가 없어서 저고리 옷고름에다 동여매고 지냈어. 하지만 여름이 되어도 옷을 벗지 못하고 있자 언니들이 흉을 보았지.

"셋째는 더럽구나. 목욕도 하지 않다니."

벗어 놓으면 어떻게 될까 봐 목욕도 못하고 있던 셋째 딸을 어느 날 언니들이 억지로 붙들고서 그 끈을 떼어다가 화롯불에 집어넣어 태워 버렸어. 그러자 허물을 간직하지 못하고 태워 버렸으니 이제 남편을 만나기는 틀렸다고 생각한 셋째 딸은 서천 서역국까지 가서라도 남편을 찾으려고 스스로 중이 되어서는 고깔을 쓰고 중들이 등에 메는 바랑을 지고 남자로 변장하여 남편을 찾아 나섰지. 그저 발걸음 닿는 데까지라도 가려고 찾아 나섰는데, 한 고개를 넘어가니까 산속 낭떠러지의 험하고 가파른 언덕에 있는 논에서 모를 심고 있는 농부가 있어서 그 농부에게 물었어.

"얼마 전에 여기 살았던 구렁덩덩 신선비가 지나가는 걸 보셨나요?"

그러자 농부가 말했지.

"논 한 배미에 이 모를 다 심어 주면 가르쳐 주마."

그래서 셋째 딸이 죽을힘을 다하여 한 번도 심어 보지 않은 모심기를 다 해 주자 농부가 말했어.

"이리로 가서 이 고개를 넘어가면 된다."

농부가 가르쳐 준 고개를 넘어가 보니 이번에는 산속 밭에서 담배를 심고 있는 농부가 있었어.

"얼마 전에 여기 살았던 구렁덩덩 신선비가 지나가는 걸 보셨나요?"

"이 담배를 밭에 다 심어 주면 가르쳐 주마."

그래서 셋째 딸이 또 담배를 다 심어 주고 나니까 농부가 말했지.

"이 너머 고개로 가거라."

농부가 가르쳐 준 고개로 갔더니 사람 사는 집은 하나도 보이지 않아 적적하고 첩첩산중 고개만 있는데 까치가 서낭신을 모셔 놓은 서낭당 마을의 수호신인 서낭신을 모신 신당으로, 마을 입구나 고개마루에 나무나 장승, 또는 돌무더기로 만들어 놓음 에 앉아서 깍깍 하고 울고 있는 거야. 그래서 셋째 딸이 하도 답답해서 까치에게 물었어.

"까치야, 구렁덩덩 신선비가 넘어가는 것을 보았니?"

하니까 까치가 말했어. 그 시절에는 소와 말을 포함한 모든 가축과 벌레들까지 말을 다 했거든.

"벌레 한 주먹을 잡아 주면 그때 가르쳐 주지."

그래서 셋째 딸이 정성을 다해서 벌레 한 움큼을 잡아 주니까 까치가 그 벌레를 콱콱 찍어서 먹더니,

"이 너머 꽉, 이 너머 꽉."

그러는 거야. 그래서 셋째 딸이 그 너머로 갔더니 이번에는 멧돼지가 꿀꿀 하면서 새끼를 데리고 뒤적뒤적 하고 있었지. 그래 또 돼지에게 물어봤어.

"꿀꿀 돼지야, 구렁덩덩 신선비가 가시는 것을 보았니?"

"어디 가서 상수리를 주워다 주면 가르쳐 주지."

그래서 이번에는 상수리나무 열매를 구해다 주니까 돼지가 그것을 우둑우둑 깨물어 먹더니,

"이 너머 꿀, 이 너머 꿀."

그러는 거야. 그래서 그 너머를 넘어가 봤더니 옹달샘 하나가 나오는데 어떤 부인 둘이 앉아서 각각 검은 빨래와 흰 빨래를 빨고 있었지.

그래서 그 부인에게 물어봤어.

"구렁덩덩 신선비가 여기 지나가는 것을 보셨나요?"

그러자 한 부인이 대답했지.

"이 검은 빨래를 희게 빨아 주고, 흰 빨래는 검게 빨아 주면 가르쳐 주마."

그래서 빨래를 빠는데 묘하게도 빨래를 하면 할수록 흰 빨래는 검어지고 검은 빨래는 희어지더란 말이지. 빨래를 다 하고 나니까 은으로 만든 주발 뚜껑을 샘에다 둥실둥실 띄워 놓고

"여기에 올라설 것 같으면 만날 수 있다."

라고 하는 거야. 이 말을 들은 셋째 딸이 생각하기를,

'죽는 것이 대수겠는가?'

하고 부인이 시키는 대로 은 뚜껑에 올라가서 샘물에 풍덩 빠지니까 용궁으로 들어가게 되었지. 셋째 딸이 바닥에 발이 닿아서 보니 물은 간 곳이 없고, 자기가 높고 큰 누각의 우뚝 솟은 솟을대문 앞에 있는 사랑방 마당 앞에 서 있는 거야. 그 사랑방에서 글 읽는 소리가 나는데 틀림없는 자기 신랑 목소리였던 거지.

'분명 서방님의 목소리다. 드디어 만났구나.'

하고 생각을 한 셋째 딸이 꾀를 냈어.

"동냥을 좀 하세요. 동냥하세요."

하니까 깨를 가져다주는 거야. 셋째 딸은 일부러 밑 빠진 자루를 가지고 가서 깨가 주루루루 쏟아지도록 했어. 그 쏟아진 깨를 주워 담는데, 침을 묻혀서 깨를 하나씩 주워 담으려니까 해가 어느새 져 버렸어. 그제야 사랑문을 열고 첫날밤에 본 잘생긴 신랑이 나와서 하는 말이,

"무슨 염치로 얼굴을 들고 찾아 왔느냐? 내가 당신과 약속을 하였건만, 내 허물을 태워서 그 타는 냄새가 여기까지 왔거늘 무엇하러 나를 찾아왔느냐? 어서 가거라. 나는 그런 의리 없는 사람은 만나기 싫다."

하는 거야. 그래서 셋째 딸이 말했지.

"내가 당신 부인 노릇을 하는 것은 분수에 넘치는 일이니 마루에서 걸레 치우는 종노릇이라도……."

그러자 신랑이 말했어.

"나는 이미 여기에 와서 부인을 얻어 살고 있네."

"예, 알겠습니다. 하지만 여기에서 마루에 걸레 치우는 종이라도 좋으니……. 그것이 어려우면 뜰을 쓰는 종도 좋고 마당을 쓰는 종도 좋습니다."

셋째 딸이 울면서 계속 조르니까 신랑이 말했지.

"그러면 시험을 볼 텐가? 시험에 합격하면 내가 그대를 다시 부인으로 삼겠네."

"무엇이라도 그저 시켜만 주십시오. 죽으라면 죽는 시늉이라도 하고 정말 죽으라면 죽겠습니다."

그러자 신랑이 새로 얻은 부인을 불러내더니 마당에 새가 다닥다닥 앉아 있는 천도복숭아 나무를 가리키며 말했어.

"누구든지 저 새가 앉아 있는 복숭아나무 가지를 꺾어 오되, 새가 한 마리도 날아가지 않게 꺾어 오는 사람을 내가 큰마누라로 삼고 살겠다."

그래서 두 부인이 가서 나뭇가지를 꺾었는데 하느님이 도왔는지 셋째 딸이 꺾은 나무에는 새가 한 마리도 날아가지 않고 그대로 앉아 있고, 새로 얻은 부인은 빈 복숭아나무 가지를 들고 오는 거야. 그래서 셋째 딸이 그 시험에 일단 합격을 했지.

그다음에는 셋째 딸에게는 굽이 높은 쇠나막신을 주고, 새로 얻은 부인에게는 꽃무늬를 수놓은 당혜唐鞋 예전에 사용하던 울이 깊고 앞 코가 작은 가죽신를 준 다음 보통 물동이보다 높고 큰 가래동이를 주면서 말했어.

"물을 하나도 엎지르지 말고 이 마당에다 부었다가 그대로 쓸어 담아라."

그런데 신기하게도 셋째 딸이 부었던 물을 쓸어 담자 말간 물이 한 동이가 되고, 새로 얻은 부인은 물에 반죽된 흙만 한 주먹을 쓸어 담았지. 그러자 신랑이 이번에는 문제를 냈어.

"새 중에 무슨 새가 가장 큰가?"

하고 물으니 새로 얻은 부인은 무슨 새, 무슨 새하고 줄줄이 댔는데 셋째 딸은,

"새 중에는 먹새가 가장 크지요."

라고 대답을 하여 합격을 했어. 그러자 신랑이 또다시,

"고개 중에 무슨 고개가 가장 넘기 어려운가?"

하고 물었지. 새로 얻은 부인은 무슨 고개, 무슨 고개하고 줄줄이 댔지만 셋째 딸은,

"보릿고개가 가장 넘기 어렵지요."

라고 대답을 해 또 합격을 했어. 그랬더니 이번에는 다시,

"호랑이 눈썹을 한 주먹씩 구해 오너라."

라고 하는 거야. 새로 얻은 부인은 어디 가서 개털을 한 주먹 구해 왔는데 셋째 딸은 물어물어 호랑이를 찾으러 갔지. 어느 산골짜기에 다다랐는데 해도 떨어지고 날이 저물어서야 조그만 불빛이 반짝반짝하는 오두막집을 발견한 거야. 오두막에 도착한 셋째 딸이 주인을 불렀지.

"주인양반, 주인양반 계세요?"

하고 부르니까 호호백발의 늙은 할머니가 나왔어.

"이게 누구신가?"

"저는 다름이 아니라 호랑이 눈썹을 구하러 나온 사람입니다. 호랑이 눈썹을 구할 수가 없을까요?"

그러자 할머니가 손짓을 하며,

"이리 들어와 봐."

라고 했어. 방에 들어가자 할머니가 벽장을 가리키며,

"벽장에 들어가 있어. 우리 아들들이 호랑이 삼 형제인데 아주 무서워."

라고 해 셋째 딸이 벽장에 가만히 들어앉아 있으려니, 잠시 후에 천둥 같은 소리가 나면서 호랑이 삼 형제가 돌아왔지.

"아, 사람 냄새가 난다."

그러자 할머니가 말했어.

"네 어미가 사람이 아니냐? 생뚱맞게 사람 냄새가 난다고 그러느냐? 어서 드러누워서 잠이나 자거라. 내가 이를 잡아 주마."

호랑이를 무릎에 누인 할머니는,

"아이구, 여기 서캐가 많구나."

하면서 호랑이 눈썹을 쏙 뽑고, 쏙 뽑고 해서 호랑이 눈썹 한 주먹을 뽑아 셋째 딸에게 싸 주면서 말했지.

"이것을 가지고 어서 가시게."

이렇게 호랑이 눈썹을 가지고 가서 신랑이 낸 시험을 모두 통과한 셋째 딸은 대청마루 위에 앉아서 호강을 하며 살고, 새로 얻은 부인은 온갖 일을 돌보아 주고 밥도 해 주면서 셋이 잘 살았다는 이야기야.

이 이야기는 충남 공주군에서 전해 오는 설화로, 우리나라 전 지역에서 구전되고 있으며 세계적으로도 널리 퍼져 있습니다. '잃어버린 남편을 찾아서'라는 유형으로 「큐피드와 프시케」 설화가 가장 대표적이며, 우리나라에서만 해도 「뱀신랑」 「구렁덩덩 소선비」 「천조씨와 은혜정자」등 여러 형태로 전해지고 있지요. 구렁이의 출산과 구렁이와 사람의 결혼 등 동물과 인간의 경계를 넘나드는 신화적인 내용으로 옳고 그름, 진짜와 가짜, 인간과 비인간의 대결을 통해 결국 선한 사람이 고난을 거쳐 승리한다는 내용을 담고 있으며 희곡 〈맹진사댁 셋째 딸〉의 소재가 되기도 했습니다.

사람의 조상인 밤나무 아들 율범이

호랑이가 담배 피던 시절에 오줌을 이고 밭에 간 한 처녀가 소변을 보고 싶어서 밤나무 밑에 가서 소변을 보았대. 그런데 소변을 보고 난 뒤에 아이를 가졌던 거야. 밤나무 밑에 가서 소변 보고 난 뒤에 배가 점점 불러오면서 열 달이 지나 아이를 낳았는데, 처녀가 아이를 낳았으니 부모한테서도 서러움을 많이 받기도 받았지만 그 처녀가 낳은 자식은 동네 사람들한테서 아비 없는 자식이라고 또 서러움을 받았던 거야.

아비 없는 자식을 낳은 처녀는 부모와 함께 살지 못하고 따로 오두막집을 짓고 살아야 했지. 그 아이가 커 가면서 서당에 다니게 되었지만 서당 친구들이 '아비도 없는 자식'이라고 놀려 대는 바람에 갖은 구박과 서러움을 받아야 했어. 그렇게 서러움을 받다 보니 아무리 착한 사람이라도 화도 나고 서럽기도 했겠지.

어느덧 아이가 열 살 남짓 되도록 자랐을 때였어. 하루는 자기 어머니에게 가서 어떻게 된 일인지 한번 알아보아야겠다고 생각하고 어머니에게 물었지. 하지만 어머니는 아버지가 없다고만 하고 가르쳐 주지 않았어. 그러자 아들은 오늘 저녁에는 어떻게 해서든 아버지 이야기를 듣고야 말겠다고 생각을 하고는 부엌에 가서 칼을 시퍼렇게 갈아와 품안에 품고는 어머니 앞에 와서 말했지.

"어머니, 나에게는 아버지가 없다고만 하시는데 도대체 아버지는 어디에 가 있나요? 가르쳐 주세요. 오늘도 만약 가르쳐 주지 않으시면 나는 이 칼에 죽겠습니다."

아들이 이렇게 달려들자 어머니는 덜컥 겁이 나서 말했어.

"내가 말하고 싶지 않아서 그런 것이 아니라 사실은, 네 아버지는 저 밭에 서 있는 저 밤나무란다. 내가 시집을 가지 않았을 때, 오줌을 이고 가서 채소밭에 거름을 주고 나니 소변이 보고 싶지 뭐냐. 그래서 밤나무 밑에 가서 소변을 보았단다. 그런데 그 후에 네가 생겼지. 아마도 저 밤나무가 네 아버지인 것 같구나."

이야기를 들은 아들은,

"그러면 내가 아버지에게 가서 물어보겠어요."

하더니 밤나무한테 가서는 왼발을 탁 구르면서 말했어.

"아버지!"

하지만 밤나무가 아무런 대답을 하지 않으니까 또 한 번 발을 탁 구르면서 아버지를 불렀지. 여전히 대답이 없다가 발을 세 번째 구르고 세 번째 부르니 그제야 밤나무가 덜덜 떨면서,

"율범이……."

하고 부르는 거야. 밤나무 아래에서 났다고 아이 이름을 율범이라고 지었거든.

"율범이냐?"

하고 밤나무가 말을 하자 아이가 생각하기를,

'아, 그래. 아버지가 확실히 맞구나!'

그런 마음이 들었어.

"아버지, 내가 아버지인 것을 확인했으니 이제 집에 가겠습니다."

하고 집에 돌아와서는 어머니에게 말했어.

"어머니, 아버지가 맞던데요."

이튿날 서당에 갔는데 아이들이 또 아버지가 없다고 놀려 대니까

율범이가 말했지.

"야, 이 녀석들아. 나도 아버지가 있다."

"너네 아버지가 어디에 있니?"

"있다니까. 그럼 우리 아버지에게 가 보자."

"어디에 있는데?"

아이들과 함께 밤나무 앞에 온 율범이가 나무를 가리키며,

"이 밤나무가 우리 아버지다."

라고 말하자 아이들이 웃으며 말했어.

"이거 미친놈 아니야? 어떻게 이 밤나무가 네 아버지냐?"

하지만 다른 아이들이 그렇게 말하거나 말거나 율범이는 아버지의 말소리를 들었으니 그 밤나무가 아버지라고 굳게 믿고는 서당을 갈 때에도,

"아버지, 저 서당에 갑니다."

하고 인사를 하고 서당에서 돌아올 때에도,

"아버지, 서당에 다녀왔습니다."

하고 인사를 했어. 그런데 하루는 서당에 다녀와서는,

"아버지, 서당에 잘 다녀왔습니다."

하고 인사를 했는데 밤나무가 이렇게 말을 하는 거야.

“그래, 잘 다녀왔구나. 그런데 너 내일은 서당에 가지 말고 나한테 와서 하루 놀아야 한다. 그러니 내일은 나한테 오너라.”

“그러겠습니다.”

그래서 그 다음 날 책과 보따리를 싸서 서당에 가지 않고 밤나무 있는 데로 바로 가니, 밤나무가 높이 나무 꼭대기로 올라가라고 하는 거야. 그래서 맨 꼭대기에 올라가자 밤나무가 율범이에게 작은 소리로 말했어.

“가만히 있거라.”

“알겠습니다.”

율범이가 나무 꼭대기로 올라앉자 천지개벽이 일어나더니 큰 홍수가 나서 온 세상에 해일이 일고 물이 가득 차 사방을 덮는 바람에 모두 바다가 되어 버리는 것이었어. 그러니까 밤나무가 바다에 동동 떠 있게 되었지. 그렇게 밤나무가 동동 떠서 살살 떠내려가고 있는 동안 물바다가 된 천지에는 짐승이고 사람이고 다 죽어 버리고 말았어. 그런데 밤나무를 타고 율범이가 떠내려가다 보니 멧돼지 한 마리가 떠내려오면서 살려달라네.

“아이고, 율범아. 나를 좀 살려다오. 나를 살려 준다면 내가 이 은혜는 꼭 갚을게.”

이 말을 들은 율범이가 밤나무에게 물었어.

"아버지, 이 멧돼지를 건져 줄까요?"

"그러렴."

율범이는 멧돼지를 건져 주었지. 그런데 가다 보니 이번에는 다리를 저는 개미가 있는 거야. 그 다리 다친 개미가 말했지.

"아이구, 율범아. 날 좀 건져 주면 이 은혜는 꼭 갚을게."

이 말을 들은 율범이는 아버지에게 또 물었어.

"아버지, 개미를 건져 줄까요?"

"그래."

그런데 저쪽을 보니 개미가 한 뭉텅이로 뭉쳐서 떠내려오고 있는 거야. 그렇게 해서 결국 다리 저는 개미와 한 뭉텅이의 개미들을 모두 구해 주었지. 그렇게 계속 내려가는데 이번에는 대나무를 잘라서 눕혀 가지고 그것을 타고 간신히 떠내려오던 황새 한 마리가 날아와서 말했어.

"아이고, 율범아, 율범아! 나를 좀 살려 주면 이 은혜는 꼭 갚을게."

"아버지, 구해 줄까요?"

"그렇게 해라."

그 황새도 구해 주어서 밤나무 위에는 이제 다리 다친 개미와 개미 뭉텅이, 황새, 돼지가 있게 되었지. 그렇게 내려가다가 또 모기떼가 봉지만 한 뭉치만큼 찾아와서 역시 건져 주었는데, 이번에는 율범이만 한 소년 아이가 떠내려오는 것을 보았어.

"아이고, 율범아, 율범아! 니가 날 구해 주면 내 이 은혜는 꼭 갚으마."

"아버지, 구해 줄까요?"

그런데 이번에는 밤나무가 아무 말도 안 하는 거야. 그래서 율범이가 다시 물었지.

"아버지, 아이 하나가 떠내려오면서 구해 달라고 하는데 구해 줄까요?"

이번에도 밤나무는 아무 말도 하지 않았어. 아마 사람이라고 그랬던 모양인데, 율범이 마음에는 사람이 하나도 없으니 자기 친구가 하나 있었으면 좋겠다고 생각을 해서 또다시,

"아버지, 저 아이를 건져 줍시다."

하니까 그제야 밤나무가,

"모르겠다. 니 마음대로 해라."

하고 말했어. 율범이 생각에 그 아이가 불쌍하고, 이제 친구도 하나 없다는 생각에 아이를 건져 주었지. 그렇게 떠내려가다가 어느 언덕에 다다라 그 위에 앉아 있으니 물이 살살 빠지기 시작했어. 그러자 밤나무가 율범이에게 말했지.

"지금 천지가 개벽을 해서 인간이라고는 없는데, 네가 여기서 산등성이를 넘어가면 사람 한 가족이 살고 있을 것이다. 그러니 너는 그곳에 모두 데리고 가서 그 집에 의탁하고 살아라."

이 말을 들은 율범이가 나무에 태웠던 모든 짐승을 데리고 가서 주인을 찾았지.

"주인 계십니까?"

집주인이 나오자 율범이가 주인에게 말했어.

"우리가 여기에 와서 불 심부름이라도 할 테니 여기에 살도록 해 주면 시키는 대로 다 하겠습니다."

집주인이 허락을 해 율범이와 구해 준 아이는 함께 그 집에 머물게 되었어.

그 후 십 년이 지났지. 율범이와 그 아이는 어느덧 총각이 되었는데 그 집에는 마침 처녀 두 명이 있었어. 한 처녀는 그 집 몸종이고 다른 한 처녀는 그 집의 딸이었는데, 딸은 예쁘고 몸종은 못생겼단 말야. 그런데 율범이 덕에 목숨을 구한 총각이 그사이 율범이의 은혜는 까맣게 잊고 자기가 집주인의 딸과 혼인을 해야겠다고 마음을 먹은 거야. 율범이만 없으면 사위가 쉽게 되겠지만 율범이 때문에 집주인의 딸과 혼인하는 일이 쉽지 않다고 생각했지. 그래서 이리저리 방법을 생각하다가 꾀를 내어 집주인에게 말했어.

"저 산중에 있는 버려둔 땅을 일궈서 좁쌀을 심으면 우리가 모두 잘 먹고 지낼 수 있으니, 그 땅을 일구는 게 어떻습니까?"

이 말을 들은 집주인은 마음대로 하라고 허락을 했지.

그러자 총각이 율범이를 불러 놓고 협박을 했어.

"율범이 너, 오늘부터 이 너머에 있는 밭을 모두 일궈라."

이 말을 들은 율범이는 자기보다 훨씬 힘이 센 그 총각이 윽박지르며 명령을 하니 따를 수밖에 없었어. 하지만 그 집에는 아무 농기구도 없었어. 그래서 아무 연장도 없이 빈손으로 밭에 도착했는데, 율범이가 구해 준 총각이 또다시 율범이를 협박하면서,

"이 밭 전부 너 혼자 일궈라. 만약에 제대로 하지 않으면 가만두지 않겠어."

라고 말하고는 혼자 집으로 돌아간 거야.

이 말을 들은 율범이는 큰일 났다고 생각했어. 그냥 돌아갔다가는 무슨 봉변을 당할지 모른다고 생각했거든. 그래서 율범이는 털썩 주저앉아서는 두 다리를 뻗고 두 무릎을 들고 비벼 대며 그만 울고 말았어.

"이 일을 어떻게 하나. 하느님 좀 살려 주세요. 이 넓은 밭을 농기구도 없이 무슨 수로 하루 안에 혼자 일구나?"

그러면서 두 다리를 문질러가며 아버지, 어머니를 부르며 울고 있는데 어디선가 난데없이 멧돼지 한 마리가 뛰어나오더니 율범이에게 묻는 거야.

"율범아, 너 왜 울고 있니?"

"아이구, 오늘 안에 혼자서 이 넓은 밭을 모두 개간해야 하는데 나 혼자 개간할 방법이 없어 답답해서 앉아 운다."

이 말을 들은 멧돼지가,

"그까짓 것, 뭐 걱정이야?"

그러더니 어디선가 수많은 멧돼지가 몰려와서는 땅을 파면서, 칡뿌리를 캐서 먹어가면서 순식간에 그 척박한 땅이 기름지지 못하고 몹시 메마르다 밭을 모두 파서 갈아 버리고는 돌아가는 거야. 밭이 모두 개간된 뒤에 보니 아직 한나절도 못 돼 있었지. 밭을 모두 갈았으니 율범이가 집으로 돌아갔거든. 그러자 율범이를 본 총각이 밭을 다 일구지 않고 율범이가 돌아온 것으로 알고는,

"아, 이 자식아! 너 밭은 다 갈고 돌아온 거야?"

하며 소리를 질렀지. 율범이가 다 갈았다고 대답을 하자 한나절도 되지 않아 그 넓은 밭을 갈았다는 것이 불가능하다고 생각한 총각이 버럭 화를 냈어.

"아, 이 자식아! 그 넓은 밭을 그새 다 갈았다구?"

그러자 율범이가 대꾸를 했어.

"아니, 그럼 오늘 안에 할 수 없는 일을 오늘 모두 하라고 시켰던 거야?"

율범이 말이 틀리지 않으니 총각은 밭에 함께 가 보자고 했어. 그랬더니 정말 빈틈없이 밭을 잘 갈아 놓은 거야. 할 말이 없어진 총각은 그냥 집으로 돌아왔어. 그런데 그다음 날이 되자 아침을 먹고 난 총각

이 율범이를 다시 불렀지.

"너 오늘은 어제 갈아 놓은 밭에 가서 좁쌀을 심고 오너라. 만약에 오늘 다 심지 못하고 들어오면 내 가만두지 않을 테다."

이 말을 들은 율범이는 또 큰일이 났다고 생각을 했어. 자기가 총각보다 힘이 세지 못하니 그 말을 듣지 않으면 그 총각에게 꼼짝없이 당하게 생겼거든. 총각은 좁쌀 한 말을 밭머리에 가져다 놓고는,

"이것을 모두 심고 돌아오너라."

하고는 집으로 돌아가서 주인집 딸을 쳐다보면서 그 집 사위가 될 생각만 하고 있었어.

밭에 혼자 남은 율범이는 어찌할 바를 몰라서 또 앉아서 두 다리를 뻗고 울었지.

"어머니, 아버지! 이 좁쌀을 오늘 다 심지 못하면 큰일 나게 생겼으니 어떻게 하나요!"

그런데 그때 황새 한 마리가 훨훨 날아오더니 율범이에게 물었어.

"율범아, 너 왜 울고 있니?"

"이 좁쌀 한 말을 오늘 안에 밭에 모두 뿌려야 하는데 어떻게 해야 할지 몰라서 이렇게 앉아 울고 있다."

"그러면 조금 기다려라."

하면서 황새가 어디로 날아가더니 황새 한 무리를 데리고 오는 거야. 그러고는 날개에 좁쌀을 부어서 얹어가지고 날아다니면서 날개를 펄럭거리자 좁쌀 한 말이 한나절도 되지 않아 금세 흩쳐졌지. 그래서 싸 가지고 간 점심 도시락을 그대로 들고 율범이가 다시 집으로 돌아왔어. 율범이를 본 총각이 화를 내며 말했지.

"아, 이 자식아. 좁쌀 한 말을 어디에다 처박아 두고서 그새 집으로 들어오는 거야?"

율범이가 대답했어.

"아, 내가 다 심어 놓고 왔다. 그런데 너는 왜 자꾸 나를 공연히 미워하는 거야?"

"미워하기는 내가 왜 너를 미워해? 그런데 정말 그새 좁쌀 한 말을 다 심었다는 거야?"

하면서 밭에 가서 확인을 해 보니 그 작은 좁쌀을 심고 온 자리가 확실하게 보이는 거야. 할 말이 없어진 총각은 어쩔 수 없이 율범이와 함께 다시 집으로 돌아왔어. 그러고는 골똘히 생각을 하더니만 집주인에게 다시 말하는 거야.

"저, 오늘 좁쌀을 잘못 심었습니다. 다른 씨를 심어야 합니다. 좁쌀을 심고 나서 생각을 해 보니 잘못 심었어요. 그래서 말인데 밭에 심었던 좁쌀을 다시 주워 와야겠습니다."

그러자 집주인이 말했어.

"그렇다면 좋을 대로 해라."

집주인마저도 그 총각이 하자는 대로 하니 어쩔 수가 있나. 총각이 다시 율범이에게 말했지.

"너 오늘 밭에 좁쌀 심은 게 잘못되었다. 그곳에는 좁쌀을 심으면 안 되니 가서 전부 주워 오너라. 네가 오늘 뿌린 좁쌀 한 말을 모두 다시 주워 오란 말이야."

이 말을 들은 율범이는 눈앞이 캄캄해졌지. 그래도 말을 듣지 않으면 총각이 가만있지 않을 테니 할 수 없이 자루를 들고 밭으로 가서는 주저앉아 울기 시작했어. 이제는 정말 죽었구나 하며 아버지, 어머니, 하느님을 불러가면서 살려달라고 울었지. 그런데 갑자기 어디선가 개미 한 마리가 나타나서는 율범이에게 물었어.

"율범아, 너 왜 울고 있니?"

"아이고, 밭에 뿌린 좁쌀을 모두 주워 담아 오라고 하는데 아무리 주워도 끝이 없어서 울고 있다."

이 말을 들은 개미가 갑자기 어디를 가더니 개미 한 무리를 데리고 밭으로 기어 와서는 자루에 좁쌀을 담기 시작하는 거야. 개미들이 밭에 까맣게 퍼져서 좁쌀을 물고 가마니 안에 들어오는데, 모래 한 알 없이 좁쌀만 그대로 자루 속에 담아 넣었지. 그래서 좁쌀을 모두 담아 집에 도착해서 가마니를 내어 놓으니 주인이 그것을 보고,

"한번 몇 개인지 세어 보자."

그러면서 좁쌀을 세어 보더니 좁쌀 한 알이 없다고 하는 거야. 그래서 좁쌀 한 알을 마저 가지러 율범이가 밭에 간다고 달려가고 있는데, 다리가 부러진 개미 한 마리가 다리를 절면서 올라오다가 율범이를 보고 하는 말이,

"아이고, 율범아. 내가 다리가 아파서 일찍 오지 못하고 이제야 왔다."

그러면서 모자란 좁쌀 한 알을 율범이에게 내밀었어. 그래서 율범이가 그 좁쌀 한 알을 받아서는 집에 도착하자 주인이 이제 맞다고 했지.

그런데 그 집에서는 천지가 개벽을 해서 사람이 다 죽고 없으니 찾아온 두 총각 중의 하나를 사위로 삼고, 다른 총각은 몸종하고 혼인을 시켜야겠다고 생각하고 있었어. 그래서 집주인이 두 총각 중에 어느 총각을 사위로 삼을까 하고 가만히 살펴보고 있었는데, 인물이나 힘은 율범이가 건져 준 총각이 낫고, 마음 씀씀이는 율범이가 나은 거야. 어떻게 생각하면 인물이 잘난 사위를 보고 싶고, 또 어떻게 생각하면 착

한 사위를 보고도 싶고. 그래서 이러지도 저러지도 못하고 갈등을 하고 있었지. 게다가 율범이가 건져 준 총각은 아주 그럴듯하게 말을 잘한다는 생각이 들었지만 한편으로는 그놈 소행이 불측하다는 생각도 들었던 거야. 그래서 집주인이 두 처녀를 화장도 똑같이 시키고 옷도 똑같이 입혀서 어두컴컴한 밤에 마당에 세워 놓고는 물었어.

"두 처녀 중 누가 내 딸인지 알아맞히면 내가 사위를 삼겠다."

그런데 캄캄한 밤에 두 처녀를 보니 누가 주인집 딸이고 누가 몸종인지 도저히 모르겠거든. 그렇게 한참 서 있으니까 모기 한 마리가 윙 하고 날아오더니 율범이 귀에 대고 말했어.

"율범아, 율범아. 위로, 위로."

그 말을 들은 율범이가 모기를 따라 위로 손가락으로 가리켰는데, 가리킨 곳에 서 있는 처녀가 주인집 딸이었던 거야. 그래서 율범이가 그 집 사위가 되었대.

이렇게 율범이가 구해 준 짐승들은 율범이에게 그 은혜를 다 갚았는데, 물에 빠져 죽을 뻔한 것을 구해 주었던 총각은 율범이 덕분에 목숨을 건졌는데도 그 은혜를 모르고 앙갚음을 한 것이지. 그래서 율범이가 물에 떠내려오는 총각을 밤나무 아버지에게 구해 줘도 되겠느냐고 물었을 때, 아버지가 마음대로 하라고 하면서 자기는 모르겠다고 말한 이유가 있었다는 거야. 또 그렇게 주인집 딸과 결혼을 한 율범이가 자식을 낳아 씨를 퍼트려서 오늘날 이만큼 사람이 퍼졌다고 하는 이야기야.

이 글은 경상남도 울주군에서 전해 오는 이야기로, 구약성경의 창세기에 나오는 '노아의 방주'와 유사한 구조를 가지고 있습니다. 다만 율범이의 도움을 받은 동물들이 다시 은혜를 갚는다거나 율범이 이외의 사람들이 살아남았다는 점 등에서는 다소 차이가 있지요. 그런데 이 이야기에는 율범이가 목숨을 구해 준 총각이 그 은혜도 저버리고 율범이에게 악행을 하는 화소話素가 잘 나타나 있지 않습니다. 은혜를 입고도 그 은혜를 저버리며 앙갚음을 하는 인간의 모습과 자신이 입은 은혜를 잊지 않고 율범이에게 은혜를 갚는 동물들의 모습이 대조적으로 제시될 수가 없어 이야기 결말 부분을 뒷받침할 만한 내용이 빠져 있지요. 따라서 부득이하게 충청남도 아산군 신창면에 전해 오는 '인불구人不求의 유래'라는 설화에서 뒷부분을 보충하였습니다.

석숭의 복

석숭이라는 사람은, 조선에서 복이 많은 사람으로 유명해서 오늘날까지도 전해지는 사람이야. 얼마나 복이 많았던지 무당들도 무엇이라고 기원하는가 하면, '나이는 십팔 만년 동안이나 살았다는 삼천갑자 동방삭三千甲子 東方朔이 점지를 하고, 복은 석숭이 누렸던 복을 점지해 달라'는 말을 많이 한단 말이지.

석숭은 어렸을 때 부모님을 여의고 서른다섯 살 노총각이 되도록 남의 집에 가서 머슴살이를 했어. 그렇게 머슴살이를 하다가 하루는 가만히 생각을 해 보니까 자기가 나이가 들어서 서른다섯 살이면 인생의 반을 넘게 산 것인데, 그렇게 반평생이 넘도록 남의 집에서 이렇게 머슴살이만 하며 고생을 하는 것보다 차라리 죽는 것이 더 낫다는 생각이 문득 들었지. 산에서 나무를 해가지고 평지로 내려와서 쉬는 곳에 다다라서는 가만히 생각을 해 보니까 그 앞에 큰 연못이 있었는데, 이놈의 세상을 버리고 말까 보다 싶은 생각이 들었던 거지. 그래서 나뭇짐을 거기다 세워 놓고 담배를 입에 물고 생각하다가 후다닥 달려가서 그 연못에 뛰어 들어가 그냥 빠져 죽으려고 하는데 갑자기 공중에서 어떤 소리가 들리는 거야.

"석숭아, 석숭아! 네가 물에 빠져 죽을 것이 아니다. 너에게 아직 때가 오지 않아서 그런 것이다. 그러니 지금 네가 살고 있는 동네 위에 사는 눈 먼 봉사에게 가서 점을 쳐 보아라. 그러면 네가 살길을 일러 줄 것이니 지금 물에 빠져 죽으려고 하지 말고 오늘 그곳에 가서 꼭 점을 쳐 보아라."

공중에서 이렇게 말하는 소리를 들은 석숭은 연못에 빠지려고 하다가 멈추었지.

"아, 그렇게 해야 할까 보다. 한 가지 징조를 더 살펴보고 나서 죽어도 죽어야겠다. 시키는 대로 해야 할 수밖에 도리가 없다."

그래서 석숭은 다시 나뭇짐을 짊어지고 돌아와서 주인집에다 부려 놓고서, 점심밥을 먹은 다음 세수를 하고 옷을 다른 것으로 갈아입고 윗동네에 사는 점치는 봉사를 찾아가서 이야기를 했어.

"점을 한 번만 봐 주십시오. 내가 일평생을 이렇게 머슴살이만 하다가 죽을 것인가, 아니면 언제 한때라도 좋은 시절을 보고 죽을 사람인가, 제발 점을 한 번만 쳐 주시지요."

그러니까 그 점치는 봉사가 석숭에게 나이가 몇 살이냐고 묻고 이름도 묻고 태어난 시간도 묻더니, 산통算筒 옛날에 대나 뼈 같은 것으로 젓가락처럼 만들어서 수효를 셈하는 데 쓰던 물건이 산가지인데, 이 산가지를 넣은 통 을 쩔렁쩔렁 흔들면서 뭐라고 중얼거리다가 산가지 한 개를 떡하니 뽑으면서 이렇게 말을 하는 거야.

"음! 이제 때가 어지간히 되어 가는구만. 그러지 말고 내일부터는 서쪽을 향해서 끝도 없이 그냥 몇 달이고 몇 날이고 가게. 그렇게 가면 살길이 트이네."

이 말을 들은 석숭이 집으로 돌아와 주인에게 말했지.

"제가 몇 년 동안 당신 집에서 머슴살이를 했으니 그 돈을 이제는 받고 싶습니다."

그러자 주인이 물었어.

"왜 그러느냐?"

"제가 여기서 머슴살이 하는 것이 지루해져서 더 이상은 못 살겠습니다. 그래서 죽든지 살든지 제 마음대로 그냥 나가서 한없이 돌아다니고 싶습니다."

그러자 주인은 그러지 말고 이 집에 더 있으라고 석숭을 설득했지만 결국에는 실패하고, 그동안 석숭이 머슴살이를 했던 돈을 모두 계산해서 석숭에게 주었던 거야. 석숭은 자신이 입던 옷가지를 챙겨서 보따리를 짊어지고 길을 나섰지. 봉사는 석숭에게 서쪽으로만 계속 끝없이 가면 그곳에는 끝도 없는 큰 바다가 있을 것이고, 그 바다에는 용왕이 살고 있는데 그 용왕이 살길을 일러 줄 것이라고 했거든.

그 말을 곧이들은 석숭이 서쪽으로 무작정 가는데 하루는 날이 저물었어. 그런데 한 곳을 자세히 보니까 으리으리하게 잘 지어진 훌륭한 기와집이 있는 거야. 거기에는 지나가는 손님이 묵을 만한 방이 있을 것도 같아서 그 집에서 하룻저녁만 어떻게 묵고 갈 수 없을까 하고 문 앞에 가서 주인을 찾았지. 그런데 남자인 바깥양반들은 하나도 없고 웬 노파가 문 앞으로 썩 나오더니,

"여기 와서 누굴 찾소? 당신은 어떤 사람이오?"

하고 묻는 거야.

"나는 정해진 곳 없이 그저 여행을 다니는 사람이오. 여기 오다 보니 해가 져서 날이 저물었는데, 마침 이 집을 보아하니 집도 크고 손님이 묵어갈 방도 있을 듯하여 주인을 찾았습니다. 방이 있다면 하룻저녁 여기서 좀 자고 갔으면 좋겠습니다."

석숭이 이렇게 대답하자 노파가,

"여기는 사람 재울 방이 없습니다."

라고 하면서 문을 탁 닫았단 말이야. 석숭은,

"그러면 어떻게 다른 방법이 없으니 이 문간에서 이슬이라도 맞지 않도록 날을 새우고 가겠습니다."

하면서 문간에 쪼그리고 앉았지. 노파는 그 집에서 밥을 해 주는 노인이었는데, 이번에는 안주인이 노파에게 물었어.

"거기 누가 바깥에서 잔다고 하는 것이냐?"

"아, 어떤 분이 여기서 잠을 자고 가게 해달라기에 방이 없다고 했더니 문간에 앉아 날을 새우고 가겠다고 합니다."

그러자 안주인이 그 말을 듣고서,

"문간에다 사람을 재우는 법이 어디 있소? 방이 있으니 안으로 들어오라고 하시오."

라고 하여 노파가 다시 밖으로 나와 석숭에게 말했어.

"안주인께서 들어오라고 하십니다."

그렇게 해서 석숭이 안으로 들어가 객실에 앉아 있었는데, 저녁을 차려 온 거야. 아, 그런데 정말 잘 차려 왔던 거지. 저녁을 잘 먹고 나서 잠잘 준비를 한 다음 한숨 달게 자고 있는데, 한밤중쯤 되어서 또

제사 음식을 차려서 갖다 주며 하는 말이,

"일어나서 이것을 잡수시오."

이런단 말이야. 석숭이 제사 음식을 보니 제사를 아주 잘 지낸 것 같았어. 그래서 그 제사 음식을 얻어먹고 다시 잠을 잤지.

다음 날 날이 새자 아침 밥상을 또 잘 차려 주어서 먹고 떠나려는데 그 안주인이 나와서 물었지.

"그래, 당신은 어디를 향해서 그렇게 가는 것이오?"

"나는 서쪽을 향해서 그저 끝없이 가는 사람이올시다. 가서 용왕을 만나면 용왕이 살길을 일러 준다고 점괘에 그렇게 나왔다고 하길래 그 용왕을 찾아가는 것입니다."

그러자 그 안주인이 말하기를,

"그러면 내가 한 가지 부탁을 할 게 있소. 용왕한테 가면 내 소원을 좀 들어달라고 전해 주시오."

라고 하는 거야.

"무슨 말씀입니까?"

"내가 어린 나이에 남편을 잃은 과부요. 그런데 내가 어떤 사람과 함께 살아야 이 재산을 잘 보전하고 끝까지 잘 살 수 있는지 그것을 좀 알아다 주시오."

"내 그렇게 하겠소."

이렇게 말한 뒤 그 집에서 작별을 하고서 또 무작정 며칠 동안을 서쪽으로 갔지. 그런데 또 날이 저문 어느 날 다른 집을 찾았는데, 그 집도 아주 잘 꾸며 놓은 좋은 집이어서 밤에 그 집에서 방을 얻어 자려고 들어가 물어보니 '자고 가도 좋다.'고 하는 거야. 저녁이 되자 그 집주인도 석숭에게 물었지.

"당신은 무슨 이유로 어디를 향해서 그렇게 가는 길이오?"

"내가 어려서 일찍 부모님을 잃고 남의 집에서 머슴살이를 하다 보니 내 신세가 참 한심하고 기가 막혔는데, 어느 날 점쟁이한테 가서 점을 쳐 보니 '서쪽을 향해 끝없이 가다 보면 큰 물을 만나게 되는데 그 물 속에 용왕이 있을 것이다. 그 용왕에게 물어보면 살길을 일러 준다.'고 해서 지금 그 용왕을 만나러 가는 길입니다."

"그래요! 그럼 용왕이 그렇게 모든 것을 잘 일러 주고 앞으로 살길을 일러 준다고 하니 나도 한 가지 부탁을 하오리다."

"그게 무엇입니까?"

"가거든 용왕님께 한 가지 내 말을 좀 꼭 전해 주시오. 내가 여기에서 남부럽지 않게 부자 소리를 들으며 살고 있는데 이 문 앞에 내가 화단을 이렇게 넓게 꾸며 놓고 기이하고 묘한 나무들을 가져다가 심어 놓았지요. 그런데 꽃이 필만 하면 말라 죽고 말라 죽고 합니다. 어떻게 하면 이 화단에다 꽃을 심어서 잘 살릴 수 있는지 그 방법을 좀 알아다 주시오."

"그럼, 그렇게 하오리다."

석숭은 이렇게 약조를 하고 또다시 길을 떠났어. 그 뒤로 몇 달 며칠을 걸어갔더니 드디어 서해 바다가 떡하니 나타나서는 더 가려고 해도 갈 수가 없고 넓은 물에 그대로 하늘이 닿은 것 같은 바다가 있었지. 그 바다 한가운데 조그마한 섬이 있는데, 그 섬 가운데에 잘 지어진 집이 있었어.

"저기가 어디냐?"

고 물으니까 모두 대답하기를,

"저기는 용왕님 계신 곳이오."

라는 거야. 그래서 석숭은 어떻게 해서든 그 바다를 건너가서 용왕에게 말을 해야겠다는 생각에 주변을 빙빙 돌아보았지만 도무지 어떻게 할 방법이 없어서 한탄을 했지.

"차라리 그때 거기서 물에 빠져 죽었으면 이런 고생을 하지 않았을 것인데 공연히 점을 쳐서는 내가 이렇게 몇 달 며칠을 고생하고, 정작 여기 와서 보니 결국 저 섬에 들어가려는 것은 곧 내가 죽는 것이나 마찬가지인데 이 노릇을 어떻게 해야 할꼬……."

이렇게 혼자 걱정만 하고 있었지. 그런데 그 바다에는 용이 되지 못한 이무기가 있었거든. 이무기라는 것은 하늘로 올라가다가 떨어져서 용이 되지 못한 것을 말하는데, 그 이무기가 석숭에게 말을 하는 거야.

"그래, 당신은 무엇 때문에 그렇게 근심을 하고, 이 물가에 와서 그렇게 걱정을 하고 다니는 게요?"

그래서 석숭이 그동안의 이야기를 죽 했지.

"용왕님께 내가 어떻게 살아야 하는지를 물어보러 가는데 여기에 와 보니 용왕님께 갈 방법이 도저히 없어서, 이렇게 걱정을 하고 한탄을 하고 있소."

그러자 이무기가 그 이야기를 듣고서,

"당신이 내 소원 한 가지를 들어주면, 내가 당신을 용왕님 계신 곳까지 모셔다 드리지요."

라고 하는 거야.

"무엇이냐?"

"내가 하늘로 올라가려다 가지 못하고 이렇게 이무기로 남아 있는데 어떻게 하면 하늘로 올라갈 수 있는지, 곧장 하늘로 올라갈 수 있는 방법을 좀 알아다 주시오. 그렇게만 해 준다면 내가 당신을 바로 용왕님께 모셔다 드리리다."

"아, 그것은 어렵지 않으니 염려 말라."

"그러면 내 등에 올라타시오."

석숭이 이무기의 등에 올라타자 이무기가 스르르 물 위로 움직이더니 금세 용왕이 있다는 섬의 문 앞에 석숭을 내려놓았지. 석숭이 이무기에게 말했어.

"내 그러면 용왕한테 물어보고 와서 전해 줄 테니 여기에서 꼭 기다리고 있거라."

그러자 이무기는 알았다고 하며 그 자리에 기다리고 있었지. 석숭이 용왕님 계신 곳이라는 데를 가서 보니, 크기가 엄청나서 문을 열고 들어갈 방법이 없지 뭐야. 마침 문틈이 벌어져 있어 그 틈으로 안을 들여다보니 용왕이 그 안에 있는데, 몸집이 엄청나게 크고 무섭기도 무척 무섭게 생긴 거야. 그래서 그 문 앞에서 엎드려 있으니까 용왕이 이미 알고 있었던 듯,

"석숭은 이리 들어와서 내 말을 들어라."

하고 석숭을 불렀지.

"예."

하고 석숭이 문 안에 들어가서 또다시 엎드렸는데 눈을 똑바로 뜨고 용왕님 보기가 두렵고 또 어려웠지.

"네가 석숭이냐?"

"예, 석숭이올시다."

"그래, 네가 살길이 없어 여기까지 나를 찾아왔구나. 그런데 오는 길에 너는 세 가지 부탁을 받아 왔구나. 그렇지?"

"예, 그렇습니다."

"네가 여기에 와서 이무기를 만나서 이무기의 소원을 받아가지고 왔다는 것을 내가 이미 알고 있다. 다른 용은 여의주를 두 개만 가져도 용이 되는데, 그 이무기라는 놈은 욕심이 많아 여의주 세 개를 가지고 있어서 하늘로 올라가지 못하는 것이다. 그러니 여의주 하나를 버리고

나머지 두 개만 가지면 내일이라도 바로 하늘에 오를 수 있을 것이라고 전하여라. 또 너는 오다가 큰 화단을 만들었지만 꽃이 피지 않아 걱정하는 부잣집에 가서 잠을 자고, 어떻게 하면 큰 화단에 심은 나무들이 죽지 않을 수 있는가를 알아 와 달라는 부탁을 받았겠지?"

"예, 그런 부탁을 받았습니다."

"그 화단 아래로 두 자만 파 내려가면 그 밑에 금이 쭉 깔려 있을 것이다. 그동안 나무뿌리가 화단 아래 있던 금에 닿기만 하면 뿌리가 삭아서 죽었던 것이다. 그 금이 얼마 정도인가 하면 딱 오십 섬이 들어 있는데, 그 금을 모두 파내어서 스물닷 섬은 너에게 주고 나머지 스물닷 섬은 그 사람이 갖도록 해라. 또한 그렇게 금을 캐낸 자리에 다시 흙을 메우고 나무를 심으면 나무가 잘 자랄 것이라고 이르거라. 마지막으로 너는 오다가 일찍 남편을 잃고 혼자 사는 여인의 집에서 잠을 잘 때, 그 여인이 어떤 사람과 살면 평생을 잘 살 수 있겠느냐는 물음에 답을 받아달라는 부탁을 받았겠지?"

"예, 과연 그렇습니다."

"그 여인의 남편이 죽은 날 지내는 기제사 때, 처음으로 그 제삿밥을 먹은 사람과 살아야 평생 연분이라고 전하여라. 그리고 네가 이무기에게 여의주 하나를 달라고 하면 줄 것이다. 여의주라는 것은 조화가 무궁무진한 것이라 그 여의주에 대고 무엇이든 달라고 말하면 말하는 대로 모든 것이 다 나온다. 배가 고파서 밥을 달라고 하면 밥이 나오고, 술을 마시고 싶다고 하면 술이 나오고, 떡을 달라고 하면 떡이 나오는 것이지. 그렇게만 알고 너는 돌아가거라."

"예, 알겠습니다."

대답을 다 들은 석숭이 밖으로 나와 보니 이무기가 바로 그 자리에서 기다리고 있었지. 그래서 이무기에게 말을 했어.

"내가 용왕님께 물어봤더니, 너에게 여의주가 세 개 있다고 하더구나."

"오! 내게는 정말로 여의주가 세 개 있다."

"용왕님께서 여의주 하나는 나에게 주고, 너는 두 개만 가지면 내일이라도 당장 하늘로 올라갈 수 있다고 하셨다."

"아, 그러하냐?"

"네가 욕심이 많아서 하늘로 올라가지 못한 것이라고 말씀하셨다."

그래서 석숭은 이무기에게 여의주 하나를 받아서 이무기를 타고 다시 육지로 돌아왔지. 그 후로 석숭은 배가 고프면 여의주를 내놓고 배가 고프니 밥을 먹고 싶다고 하면 여의주에서 밥이 나와서 밥도 먹게 되었고, 다리가 아파서 도저히 걸을 수가 없을 때에는 여의주를 내놓고서 다리가 아파서 죽겠다고 하면 얼마 가지 않아서 묵을 집이 나오더라는 거야. 그런 신기한 일이 어디에 있을까? 그렇게 해서 예전의 그 큰 부잣집에 도착해서 들어갔더니 주인이 석숭에게 물었어.

"아니, 어떻게 용왕님께 물어봤소?"

"예, 알아 왔습니다."

"그래 뭐라고 하던가요?"

"다른 게 아니라 이 땅속 두 자를 파 보면 두 자 밑에 금이 꽉 차 있을 것인데, 묻혀 있는 금이 딱 오십 섬이랍니다. 그중에서 스물닷 섬은 저를 주시고 나머지 스물닷 섬은 당신이 갖는데, 다만 조금이라도 당신이 더 차지하게 되면 당신은 바로 죽을 것이랍니다. 그러니까 오십 섬을 똑같이 반으로 나누어 저에게 주셔야 한답니다."

"그렇게 하지."

오십 섬의 반을 석숭에게 주라고 했는데도 석숭의 말을 듣고 부자는 귀가 번쩍 뜨이거든. 그래서 일꾼을 들여 그다음 날부터 화단을 파고 보니 실제로 화단 아래에 금이 묻혀 있어서 모두 파내고 보니 정말 딱 오십 섬이 나오는 것이었지. 부자가 석숭에게 살고 있는 곳을 알려 달라고 하자 석숭은,

"내가 사는 곳이 아직 없으니 내가 나중에 자리를 잡으면 당신에게

연락을 하겠소. 그때 나에게 부쳐 주시오."

하고는 거기서 하룻밤을 더 자고 부자와 작별을 했지.

또 며칠을 걸어서 첫 번째 묵었던 과부의 집에 도착하자, 그 과부가 석숭을 반갑게 맞으면서 말했어.

"그 용왕님께 제가 부탁 드린 것을 물어보셨소?"

"물어봤습니다."

"그래, 무엇이라고 하셨나요?"

"당신 남편의 삼년상 부모님이나 남편이 죽은 다음 3년 동안 상복을 입고 상喪을 치르는 일을 마치고 지낸 첫 기제사의 제삿밥을 먹은 사람과 살아야 당신이 평생 잘 살 수 있다고 했습니다."

그러자 과부가 말했지.

"그러면 함께 들어갑시다. 당신이 자고 간 날 밤에 지낸 제사가 죽은 남편의 첫 기제사였는데, 그 제삿밥을 처음으로 먹은 사람이 바로 당신입니다. 그러니 당신과 제가 함께 살아야겠군요."

석숭은 목욕을 하고 깨끗한 옷으로 갈아입고는 그날부터 그 과부와 함께 살았어. 그 집 재산만 하더라도 이미 부자가 되었는데, 거기에다 부자의 부탁을 들어주고 받게 된 금을 이 집으로 보내 달라는 편지를 보냈더니 그 부자가 몇 날 며칠 동안 파낸 금을 똑같이 나누어서 석숭이 편지를 보낸 곳으로 부쳐 주었지. 스물닷 섬의 금에, 여의주도 생기고, 또 부잣집 과부까지 부인으로 얻어서 살게 되었으니 이만한 부자가 따로 없었던 거야.

그래서 복을 주려거든 석숭의 복을 점지해 달라고 하는 것이지. 그렇게 석숭은 평생 동안 잘 지내다가 죽었는데, 그 이야기가 지금까지 전해 내려와서 모두 말하기를 '복을 받는 것은 석숭의 복을 점지하고, 오래 사는 것은 삼천갑자 동방삭의 목숨을 점지해 달라.'고 하는 거야.

석숭은 처음에 힘들게 고생을 많이 했잖아. 처음부터 그런 복을 많이 받아서 부자로 호화스럽게 잘산 사람이 아니고 서른다섯 살까지 머슴살이를 살면서 그렇게 고생을 많이 하다가 나중에 복을 받은 사람이라는 이야기야.

전 세계적으로 분포된 '구복 여행 설화' 유형의 민담으로, 충남 대덕군에서 전해 오는 설화입니다. 동서고금을 막론하고 부자가 되기를 꿈꾸는 것은 사람들의 오랜 소망이지요. 이 이야기에서도 가난한 석숭이 복을 찾아 떠난 여행을 통해 부자가 된 내력을 전하고 있습니다. 얼핏 보면 우연히 찾아온 행운으로 부자가 된 것처럼 보이지만 소망을 품고 길을 찾아 떠나는 사람, 자신의 의지를 이루기 위해 한 발짝 내딛는 사람에게만 길은 열린다는 것을 석숭의 여행을 통해 보여 주고 있는 것은 아닐까요?

●●●●

막동,
밑바닥부터
시작하다

지혜와 깨달음이 있는 이야기

팔뚝만 한 산삼

아내의 고생을 어이 갚을까

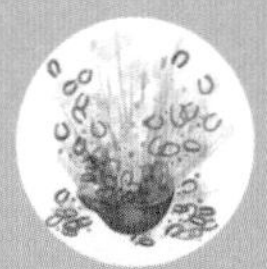

그 바가지는 어떻게 되었을까

저승에 다녀온 가난뱅이

막동, 밑바닥부터 시작하다

팔뚝만 한 산삼

지금의 포천 지역인 경기도 영평에 김씨 성을 가진 사람이 살았는데, 약초 캐는 일을 생업으로 하였다. 하루는 동료 두 사람과 함께 백운산의 가장 깊숙한 곳까지 들어갔다. 높은 곳에 올라 내려다보니, 아래로 암벽이 있는데 사방이 깎아지른 듯한 모습이 마치 됫박을 세워 놓은 것 같았다. 그 한가운데에는 산삼이 무더기로 자라나 있어 몹시 탐스러웠다. 세 사람은 놀라움과 기쁨을 이기지 못하였으나 내려갈 길이 없었다.

마침내 그들은 둥우리를 엮어 칡끈을 묶고, 김씨를 둥우리 가운데 앉혀 절벽 아래로 내려보냈다. 김씨가 마음껏 산삼을 캐내어 십여 묶음씩 만들어 둥우리 속에 담으면 두 사람은 위에서 끌어올렸다. 산삼을 거의 다 캐내었을 무렵 두 사람은 산삼을 나누어 갖고 둥우리를 내

버려 둔 채 가 버렸다.

김씨는 다시 나올 수 없게 되었다. 사방을 둘러보아도 깎아지른 듯 백 길이나 되는 절벽에 에워싸여서 날개가 없는 한 도저히 나갈 수가 없었다. 게다가 달리 먹을 만한 것도 없어서 남아 있는 산삼을 캐어 먹으며 견디었다. 그가 먹은 산삼 중에는 팔뚝만 한 것도 있었는데 육칠 일 동안 밥을 먹지 못했지만 기운이 흘러 넘쳤다. 밤이면 바위 아래에서 잠을 자며 온갖 계책을 생각해 보았지만 빠져나갈 도리가 없었다.

하루는 김씨가 바위 위를 바라보니 수풀의 초목이 바람을 맞은 듯 한쪽으로 쓰러지고 마치 비바람이 몰아치는 듯한 소리가 들렸다. 조금 있으니 머리가 항아리만 하고 두 눈이 횃불처럼 타오르는 커다란 구렁이 한 마리가 꿈틀거리면서 곧장 김씨가 누워 있는 곳으로 내려왔다. 김씨는 속으로 '이제 죽었구나!' 하고 생각했다.

그런데 구렁이는 김씨 앞을 가로질러 지나가더니 곧바로 동우리를 묶은 줄을 내렸던 절벽을 향해 나아갔다. 구렁이 길이가 십여 길은 돼 보였다. 김씨 앞에 꼬리가 놓이자 구렁이는 꼬리를 계속 흔들어 댔다. 김씨는 속으로 생각하였다.

'이 구렁이가 사람을 보고도 물지 않고 이렇듯 꼬리를 흔들고 있으니, 아마도 나를 구해 주려는가 보다.'

드디어 김씨는 허리띠를 풀어 구렁이 꼬리에 단단히 묶고, 구렁이를 타고 엎드린 채 꼬리 끝을 힘껏 움켜쥐었다. 구렁이가 꼬리를 한 번 휘두르자 어느새 김씨는 절벽 위에 올라와 있었다. 구렁이는 곧 수풀로 사라져서 흔적도 찾을 수 없었다. 그제야 김씨는 구렁이가 신령스러운 동물임을 깨달았다.

이윽고 전에 올라온 길을 더듬어 산을 내려가는데 먼저 간 두 사람이 모두 큰 나무 아래에 쪼그려 앉아 있었다. 김씨는 멀리서 말했다.

"자네들, 아직까지 여기에 있는가?"

아무런 대답이 없었다. 김씨가 가까이 다가가 보니 두 사람은 죽은 지 이미 오래였고, 그가 캐냈던 산삼은 하나도 없어지지 않고 그대로였다. 김씨는 그 까닭을 알 수 없었다.

김씨는 서둘러 산을 내려와 두 사람의 집에 알려 주었다.

"내가 두 사람과 함께 산삼을 캐고 돌아오는데 두 사람이 구토와 설사를 하더니 모두 죽어 버렸습니다. 아마도 독이 든 것을 잘못 먹어서 그런가 봅니다. 채취한 산삼을 비록 공평하게 나눴지만 내가 어찌 차마 내 몫을 챙길 수 있겠습니까?"

김씨는 산삼을 두 집에 모두 나눠 줘 장례 비용을 대도록 하고 자신은 하나도 갖지 않았다. 또한 입을 굳게 다물고 사건의 속사정에 대해서는 아무 말도 하지 않았다. 두 집안은 평소 김씨를 믿어 왔기에 모두 그의 말을 의심하지 않고 시신을 거두어 장례를 잘 치러 주었다.

그 후 김씨는 아흔 살이 넘도록 젊은이처럼 건강하게 살았다. 아들을 다섯 낳았는데 모두 많은 재산을 모아 부유하게 살았으며, 손자와 증손자 대에까지 번성하여 마을에서 으뜸이었다.

김씨는 본래 이담석 집안의 노비였는데, 모든 값을 치르고 평민이 되었다. 김씨는 거의 백 살까지 살다가 병 없이 죽었는데 임종臨終 죽음을 맞이함 에 이르러서야 비로소 아들들에게 그 일을 이야기해 주었다.

"무릇 사람이 죽고 사는 것과 가난하고 부유하게 사는 것은 하늘이 살피지 않으심이 없다. 너희들은 절대로 저 두 사람처럼 사악한 생각을 하다가 하늘의 노여움을 사는 일이 없도록 해라."

이 글은 『청구야담』에 실려 전하는 이야기로, 원제는 '김채삼인金採蔘人'입니다. 마치 이솝 우화를 읽고 있는 듯한 느낌이 들지만 이 이야기의 뒷부분을 보면 단순히 권선징악이라는 교훈 외에도 얻을 만한 점이 많다는 것을 알게 됩니다. 자신을 죽을 뻔한 곤경에 빠뜨린 두 친구의 가족을 대하는 주인공 김씨의 행동을 보세요. 단순히 남보다 부유하게 사는 것보다 인간으로서의 도리를 다하면서 사는 것이 더 중요하다는 것을 우리에게 넌지시 알려 줍니다.

아내의 고생을 어이 갚을까

옛날 경기도 여주 땅에 허씨 성을 가진 선비가 살고 있었다. 살림이 매우 가난하고 집안이 쓸쓸하여 남의 도움을 받기도 하였으나, 성품만은 참으로 어질고 너그러웠다. 아들을 셋 두었는데, 세 아들에게는 학문을 부지런히 닦게 하고 자기는 몸소 나서서 평소 잘 알고 가깝게 지내는 사람들을 찾아다니며 양식을 꾸어다가 겨우 입에 풀칠을 하고 살았다. 허씨를 잘 아는 사람이건 잘 모르는 사람이건 간에 모두 그의 어질고 착한 성품에 이끌렸다. 그래서 허씨가 찾아올 때마다 친절하게 대하고 양식도 넉넉하게 도와주곤 하였다.

그렇게 몇 년을 버티던 어느 날, 허씨 부부가 우연히 지독한 돌림병에 걸려 그만 세상을 등지고 말았다. 세 아들은 밤낮으로 울부짖었다. 어렵사리 장례 비용을 마련해서, 관 대신 짚으로라도 싸서 간신히 부모님을 매장할 수 있었다. 삼년상을 겨우 마치고 나니, 집안 살림은 더욱 말이 아니었다. 둘째 아들 허홍이 형과 아우에게 자기 생각을 털어놓았다.

"지금까지 우리들이 다행히 굶어 죽지는 않았군요. 이게 다 오로지 돌아가신 아버님께서 인심을 얻으셔서 사람들의 도움으로 양식을 마련할 수 있었기 때문이지요. 허나 지금은 벌써 삼 년이나 지나 버렸으니, 이제는 돌아가신 아버님의 은덕도 말라 버린 셈이어요. 그렇다고 달리 하소연할 데도 없어요. 이제는 거꾸로 매달린 막다른 지경이니 아우님도 형님도 제가끔 무슨 일이든 해야 하지 않겠어요?"

형과 아우가 말하였다.

"우리가 어려서부터 해 온 것이라고는 글자나 익히는 일밖에 없었구나! 그 밖에 농사나 장사 같은 일은 해 본 적이 없으니……. 밑천 삼을 돈도 없을 뿐만 아니라 어디로 가야 할지도 모르는 처지에 무슨 일을 어떻게 한단 말이냐? 굶주린 배를 움켜잡고 과거 시험 공부나 하는 수밖에 없구나!"

형과 아우의 무기력한 말을 듣고 허홍이 단호하게 말했다.

"사람의 생각이란 제각각이니 자기가 좋아하는 대로 합시다. 삼 형제가 다 성현 성인과 현인을 아울러 이르는 말 의 글만 읽다가는 뜻을 이루기도 전에 모두 추위와 굶주림으로 죽고 말 거요. 형님과 아우님은 기력이나 체질이 몹시 허약하니 그대로 학업을 이어가는 게 좋겠어요. 저는 십 년을 기한으로 정해 두고 있는 힘껏 재산을 늘리겠어요. 그래서 뒷날 우리 형제가 먹고살 밑천을 마련해 놓겠어요. 오늘부터 세간을 쪼개서 형수님과 제수씨는 잠시 친정댁으로 돌려보냅시다. 형님은 아우와 함께 서책을 몽땅 짊어지고 산으로 올라가셔요. 스님들에게 남은 밥이라도 빌어먹으며 공부를 하셔요. 십 년 뒤로 기한을 정해서 다시 만나기로 하는 게 좋겠어요. 물려받은 재산이라야 달랑 집터와 보리밭 세 마지기에 어린 여종 하나뿐이어요. 이것은 어느 한 사람 것이 아니라 우리 집안이 공동으로 소유한 것이니 뒷날 마땅히 집안에 돌려놓을 테지만, 지금은 제가 잠시 빌려서 재산을 불릴 밑천으로 사용하겠어요."

그날로 삼 형제는 눈물을 뿌리며 서로 헤어졌다. 형수와 제수도 각각 자기 친정으로 떠났고 형과 아우는 산속에 있는 절로 출발했다.

둘째 허홍은 아내가 시집올 때 가져온 신혼살림을 모조리 팔았다. 그러나 겨우 일고여덟 냥 되는 돈을 장만했을 뿐이었다.

그해에는 때마침 목화 농사가 아주 잘되었다. 허홍은 때를 알맞게 이용할 줄 알았다. 허홍은 우선 그 돈으로 미역을 몽땅 사들여 날마다 미역을 등에 지고는 여러 집을 두루 돌아다녔다. 주로 그의 아버지가 평소에 드나들면서 양식을 꾸어 오던 친지들의 집이었다. 허홍은 미역을 팔면서 그 자리에서 목화솜으로 값을 쳐 달라고 부탁하였다. 여러 사람들이 그를 가엾고 불쌍히 여겨 목화솜을 넉넉히 주었다. 목화솜으로 무엇을 하려는지는 묻지도 않았다.

그렇게 모은 목화솜이 몇 백 근이나 되었다. 허홍은 아내더러 밤낮으로 길쌈질을 하라 하고, 자기는 무명 한 필이 나올 때마다 시장에 내다 팔았다. 그렇게 마련한 돈으로 허홍은 다시 귀리 열 섬 남짓을 샀다. 날마다 귀리죽을 쑤어 자기는 아내와 한 그릇을 반으로 나누어 먹고 여종에게는 한 그릇을 주며 말하였다.

"네가 만일 굶주림과 추위를 참기 힘들다면 내 집에서 나가도 된다. 너를 탓하지는 않겠다."

여종이 울음 섞인 소리로 말하였다.

"주인어른은 반 그릇씩 자시고 저는 한 그릇씩 먹고 있어요. 어찌 감히 배고프다고 하겠어요? 굶어 죽으면 죽었지 다른 데로 떠날 뜻은 없답니다."

여종은 주인댁과 함께 부지런히 베를 짰다. 허

홍은 돗자리도 엮고 짚신도 삼았다. 밤으로 낮을 이으면서 조금도 쉴 줄을 몰랐다. 더러 예전부터 사귀던 친구가 찾아오면, 그때마다 햇볕이 내리쬐는 울타리 밖에 친구를 앉혀 두고 이렇게 말하곤 하였다.

"친구여, 지금은 내가 인사를 차리지 못하네. 그렇다고 날 나무라지는 말아 주게. 십 년 뒤에나 만나세."

그러면서 허홍은 단 한 번도 밖으로 나가 친구를 만나지 않았다.

이렇게 삼사 년이 지나자 재산이 차츰 불어났다. 마침 집 앞에 논 열 마지기와 밭 며칠갈이를 팔겠다는 사람이 나섰다. 허홍은 돈을 끌어모아 드디어 그 논밭을 사들였다. 봄이 되어 농사지을 때가 닥치자 허홍은 이리저리 궁리를 하였다.

'논밭이 많지도 않은데 어찌 일꾼을 사서 밭을 갈고 씨를 뿌린담? 내 차라리 직접 논밭에 들어가 힘을 쏟아붓는 게 낫겠어! 헌데 도무지 농사지을 줄을 모르니, 이걸 어찌한담?'

결국 허홍은 이웃에 사는 늙은 농사꾼을 초청하기로 하였다. 술과 음식을 푸짐하게 차려 놓고 늙은 농사꾼을 언덕 위에 앉혔다. 그러고 나서 허홍은 손수 쟁기를 붙잡고 늙은 농사꾼이 가르쳐 주는 대로 움직였다. 논을 갈고 김을 맬 때마다 남들보다 세 배, 네 배는 더 품을 들였다. 그 결과 가을이 되어 거둬들인 곡식이 남의 갑절이나 되었다.

밭에는 담배를 심었다. 날이 몹시 가물자 아침저녁으로 물을 길어다 뿌려 주었다. 온 마을의 담배가 몽땅 말라 죽었지만 허홍의 밭에서만은 파릇파릇 싹이 돋아나 우거졌다. 서울 장사치들이 수백 냥을 주고 미리 사자고 덤볐다. 담뱃잎을 두 벌째 거둬들일 때부터는 값이 더욱 바짝 올랐다. 담배 농사에서 거둔 수익이 사백 냥 가까이 되었다.

이렇게 대여섯 해가 지나자 재산이 더욱 불어났다. 곡식을 수북이 쌓아 둔 노적가리가 사오백 개나 되고 사방으로 백 리 안에 있는 논밭이 모두 허홍의 소유가 되었다. 그러나 허홍의 옷가지와 먹을거리는 예전이나 마찬가지였다.

형과 아우가 산속 절간에서 잠깐 내려와 허홍을 찾은 적이 있었다. 허홍의 아내가 처음으로 밥 세 그릇을 깔끔하게 지어 올렸다. 밥상을 보자마자 허홍이 휘둥그렇게 눈을 부릅뜨고 목청을 돋우어 아내를 꾸짖었다. 아내더러 밥상을 내가고 다시 죽을 끓여 오게 하였다. 그러자 형이 화를 내면서 허홍을 나무랐다.

"네 재산이 이처럼 넉넉한데, 그래 내게 밥 한 사발도 먹여 주지 않겠단 말이냐?"

허홍이 굳은 표정으로 말하였다.

"우리가 예전에 십 년을 기한으로 삼았잖아요. 저는 마음속으로 십 년이 되기 전에는 밥을 먹지 않겠다고 맹세했어요. 그러니 형님도 십 년이 지난 뒤에야 우리 집에서 밥을 드실 수 있어요. 형님이 아무리 저에게 화를 내셔도 저는 눈곱만큼도 마음에 거리낄 게 없습니다."

형은 화를 삭이지 못해 죽에는 손도 대지 않았다. 그러고는 곧장 산속 절간으로 돌아가 버렸다.

다음 해 봄, 형과 아우는 나란히 진사 시험에 합격하였다. 허홍은 많은 돈과 비단을 가지고 서울로 올라갔다. 형과 아우는 합격을 기념하여 사흘 동안 이곳저곳을 방문하는 삼일유가三一遊街를 벌였다. 그때 들어가는 모든 비용을 허홍이 마련해 주었다. 형과 아우가 광대를 앞세우고 풍악을 울리며 고향에 도착하였다. 그날 허홍이 광대들을 불러다가 타일렀다.

"우리 형제가 오늘 비록 진사 시험에 합격하였으나 다시 대과大科 시험을 치러야 하느니라. 당연히 다시 산으로 올라가 공부를 해야 하느니라. 너희들이 빈손으로 집으로 돌아가지는 못할 것이니 각자에게 두 냥씩 쥐어 주겠다. 돌아가거라."

허홍은 광대들을 돌려보내고 나서 형과 아우에게 말하였다.

"아직 십 년이 차지 않았으니 곧장 절간으로 올라가셔요. 기한이 꽉 찬 뒤에 내려와야 하지 않겠어요?"

허홍은 그날로 형과 동생을 산으로 올려 보냈다.

어느덧 십 년 기한이 되었을 때, 허홍은 만석꾼이 돼 있었다. 그 길로 품질 좋은 베와 비단을 골라서 남자 옷과 여자 옷을 두 벌씩 새로 지었다. 먼저 형수와 제수의 친정집으로 사람과 말을 보내어, 약속한 날에 맞춰 새 옷을 차려입은 두 사람을 데려오게 하였다. 또한 산속 절간에도 사람과 말을 보내어, 새 옷을 차려입은 형과 아우를 맞아오게 하였다. 드디어 삼 형제는 한집에 모여 살게 되었다.

며칠 뒤 허홍이 형과 아우에게 말하였다.

"이 집은 너무 비좁아서 무릎도 제대로 펼 수 없소. 내가 장만해 놓은 집이 있으니 이제는 그리로 들어갑시다."

허홍은 형과 아우를 데리고 함께 몇 리쯤 길을 걸었다. 고개를 하나 넘어서자 산 아래 큰 동네가 나타났다. 동네 한가운데 고랫등 같은 기와집이 들어서 있었다. 앞쪽으로 긴 행랑에는 노비와 마소들이 꽉 차 있고, 그 가운데 안채는 세 칸으로 나뉘어 있었다. 바깥사랑채는 단칸 방인데 매우 널찍하였다. 삼 형제의 아내는 각각 안채 한 칸씩 차지하고, 삼 형제는 널찍한 방에서 한데 어울려 살기로 하였다. 삼 형제가 함께 기다란 베개에 커다란 이불을 덮고 누우니, 그 즐거움을 이루 말할 수 없었다. 형이 깜짝 놀라서 물었다.

"이게 뉘 집인데 이렇게 웅장하고 아름다운 것이냐?"

허홍이 아무렇지도 않게 대답하였다.

"이것은 제가 마련해 놓은 것이어요. 아내도 모르게 장만해 두었지요."

허홍은 노비를 불러서 나무 상자 네댓 개를 들어다 삼 형제 앞에 놓아두라고 하였다.

"이것은 밭문서와 땅문서예요. 이제부터는 우리 형제가 이것을 골고루 나누어 가집시다."

잠시 후 허홍이 말을 이었다.

"우리 집 재산이 이렇게 늘었으니 가시나무 비녀를 꽂고도 모든 일에 남김없이 힘을 쏟아부은 아내를 모른 척할 수 없어요. 아내의 고생을 갚아 주어야지요."

허홍은 논 스무 마지기가 적힌 땅문서를 자기 아내에게 내주었다. 그리고 삼 형제는 각각 오십 마지기씩 나누어 가졌다. 이날부터는 옷가지와 먹을거리를 아주 넉넉하고 깔끔하게 장만하였으며, 몹시 가난한 이웃이나 친척들에게도 이것저것 알맞게 도와주었다. 사람들은 모두 삼 형제를 칭찬하였다.

하루는 허홍이 느닷없이 눈물을 뚝뚝 떨어뜨리며 슬퍼하였다. 형이 이상한 생각이 들어서 허홍에게 그 까닭을 물었다.

"지금은 우리가 입을 것, 먹을 것 아무 걱정 없이 삼정승 부럽지 않게 잘살고 있느니라. 무엇이 부족하다고 네가 언짢아하면서 근심하는 것이냐?"

허홍이 솔직한 심정을 털어놓았다.

"형님과 아우님은 예전부터 공부를 해서 진사 시험에 합격하여 이미 벼슬길에 들어섰어요. 헌데 저는 재산을 늘리는 데만 골몰하여 오랫동안 거친 땅과 씨름하다 보니 어느덧 어리석은 무지렁이가 돼 버렸어요. 돌아가신 아버님께서 어찌 제가 이렇게 꽉 막힌 사람이 되기를 바라셨겠어요? 그러니 제 마음이 괴롭고 아프지 않을 리 있겠어요? 이제는 나이가 많이 들어 글공부를 다시 시작할 수도 없으니 차라리 붓을 내던지고 무예를 닦는 편이 낫겠어요."

그날부터 허홍은 활과 화살을 마련해서 활쏘기를 익혔다. 몇 년 뒤 허홍은 무과 시험에 당당히 합격하였다. 그 길로 서울에 올라가 벼슬을 구하여 궁궐 안에서 근무하는 내직內職에 임명되었다. 차츰 품계가 올라가서 마침내 허홍은 황해도 안악 군수로 임명되었다. 부임 날짜까지 정해진 참인데 느닷없이 아내가 죽었다는 소식이 날아왔다. 허홍은 후 하고 깊은 한숨을 내쉬었다.

"나는 이미 부모님께서 돌아가신 슬픔을 지니고 있으니 아무리 벼슬길에 나아가 봉급을 받아 온댔자 어버이를 모실 수 없는 처지 아닌가! 그래도 내 부임하려 한 것은 한평생 가난과 고생만 겪은 늙은 아내를 위해서였는데……. 아내를 한번 높고 귀하게 대접해 주고 싶었는데……. 이제는 아내까지 잃었으니 내 부임해서 무얼 하겠는가?"

그 길로 허홍은 벼슬길에 오르는 것을 단념하고 고향으로 돌아와 늙어 죽었다 한다.

우와, 정말 이런 사람이 있었을까요? 자신이 처한 상황을 잘 간파하고 능력을 최대한 발휘하여 인생의 목적을 달성한 사람 말입니다. 어찌 보면 참 행운아 같아 보이지만 그의 인간적인 면모를 들여다보니 가슴 아픈 사연도 보입니다. 허홍이 어떻게 부를 축적하게 되었는가에 초점을 맞추면서 읽을 수도 있지만, 그가 다른 사람을 대하는 방식을 살펴보면 오늘날에도 시사하는 바가 크다는 것을 알 수 있을 것입니다.『청구야담』에 실려 있는 이야기로, 원제는 '치산업 허중자성부 治産業許仲子成富'입니다.

그 바가지는 어떻게 되었을까

옛날에 삼정승 바로 아래 벼슬인 참정參政까지 오른 대감이 있었다. 대감에게는 연로하신 어머니가 한 분 계셨는데 지극한 효자였던 대감은 항상 어머니를 정성껏 섬기리라 마음먹었다. 그러나 밖으로는 공무로 시끄럽고 안으로는 모든 집안일을 보살펴야 하니 온종일 일거리가 밀려들어서 도무지 곁에서 어머니를 모실 겨를이 없었다.

대감 댁에서 한 여종을 길들였는데 바야흐로 비녀 꽂을 나이, 곧 열다섯에 가까웠다. 그 여종은 얼굴이 예쁘고 맵시도 고왔지만 성품과 도량이 총명하고 슬기로웠다. 여종은 대감 댁 노마님의 뜻을 잘 받들었다. 먹을거리며 옷가지를 때에 알맞게 해 드렸고 노마님이 앉고 싶은지 눕고 싶은지, 걷고 싶은지 쉬고 싶은지 눈치를 잘 살펴서 조그만 불편도 없도록 잘 모셨다. 그래서 여종 덕분에 노마님은 흡족해 했으며, 대감은 늙은 어머니를 기쁘게 해 드릴 수 있었고, 집안사람들도 수고로움을 덜어 낼 수 있었다.

여종은 집안의 귀염을 독차지해서 셀 수 없을 정도로 많은 물건을 상으로 받았다. 여종은 기다란 복도 안쪽에 따로 방 하나를 만들고 그 방에 글씨와 그림, 잡동사니 들을 아주 보기 좋게 가지런히 정리해 놓았다. 그러고는 조금이라도 짬이 날 때마다 편안히 쉬는 곳으로 사용하고 있었다.

서울에서 재산 많고 세력 있는 집안의 자제들 가운데에는 일삼아서 기생집에나 드나드는 자들이 많았다. 그들은 앞다퉈 천금을 주고서라도 그 여종을 첩으로 맞아들이기를 바랐다. 그렇게만 되면 참정 대감에게 줄을 댈 수 있으리라 생각했기 때문이었다. 그러나 여종은 꿈쩍도 않고 모두 다 거절하면서 한결같은 마음으로 스스로 맹세하였다.

"세상에 마음에 드는 사람이 없으면 차라리 빈방에서 홀로 늙으리라."

어느 날 여종이 심부름으로 노마님 친정댁에 가서 일손을 도왔다. 그러고는 돌아오는 길에 느닷없이 소나기를 만나 부리나케 대감 댁으로 뛰어오는데, 웬 거지가 대문 앞에서 비를 피하고 있었다. 더부룩한 쑥대머리에 얼굴에는 잔뜩 때가 찌든 거지였다. 그러나 여종은 한눈에 보통 사람이 아니란 걸 알아채고 자기 방 격자창 앞으로 데리고 들어갔다.

"잠깐 여기 계세요."

여종은 몸을 돌려 밖으로 나와서 문빗장을 채웠다. 그러고는 사뿐사뿐 걸어서 안채로 들어가 버렸다. 혼자 남은 거지는 짧은 시간 동안에 수많은 생각을 떠올려 보았으나 도무지 영문을 알 수 없었다. 우선 여종이 하는 대로 맡겨 두고, 여종의 다음 말을 들어 보기로 하였다.

잠시 후 여종이 다시 방에 들어왔다. 거지를 구석구석 찬찬히 훑어보더니 얼굴에 기쁨이 흘러넘쳤다. 여종은 먼저 나뭇단을 사다가 물을 데웠다. 목욕통에 따뜻한 물을 마련해 놓고는 거지가 온몸을 깨끗이 씻도록 도와주었다. 그리고 거지에게 저녁상을 잘 차려 주었다. 맛난 밥과 진기한 반찬이 굶주린 창자에 들어가서 오랫동안 거지에게 붙어 있던 걸신을 걷어차 쫓아내 버렸다. 붉은 반상에 그림을 그려 넣은 그릇들이 아롱아롱 반짝이며 눈에 어른거리는데, 그 모양이 꼭 넓은 바다에서 신기루를 보는 듯하였다.

날은 벌써 석양빛도 사라져 어둑어둑하고 거리에는 통행금지를 알리는 인정人定 조선 시대에, 밤에 성문 안팎의 통행을 금지하기 위하여 종을 치던 일 의 종소리가 마구 울려 퍼졌다. 드디어 두 사람은 수놓은 비단 이불 속으로 들어가 서로 목을 기대고 비비었다. 엎치락뒤치락 봄밤의 꿈이 눈 깜짝할 사이에 지나가니, 마치 봉황새가 어우러지는 듯하였다.

먼동이 트자 여종은 사내에게 상투를 틀어 올리고 갓을 쓰게 했다. 다시 깔끔한 옷을 입히니 그 몸에 잘 어울렸다. 과연 몸가짐이 뛰어나고 겉모습이 시원하였으며 기개가 높고 도량이 넓어 보였다. 예전의 축 늘어져 근심스러웠던 거지 모습은 다시 찾아볼 수 없었다.

"여보, 들어가서 노마님과 대감님을 뵈셔요. 만일 인사치레로 묻는 말씀이 계시면 꼭 이러이러하게 대답하셔야 해요."

여종의 당부에 사내는 거침없이 그러겠노라 대답하였다. 사내는 곧장 참정 대감을 뵈었다.

"이 아이가 예전부터 자꾸 자기 짝을 가리더니, 오늘 느닷없이 인연을 맺었구먼. 틀림없이 마음에 꼭 드는 사람을 만난 게로구먼."

대감이 사내를 앞으로 가까이 오라 하여 물었다.

"그래, 하는 일이 무엇인고?"

"소인은 약간의 돈과 상품을 가지고 사람을 부려서 전국 팔도에 장사를 합지요. 물가의 변동에 따라서 때를 잘 노렸다가 이윤을 남기는 일을 합니다요."

참정 대감은 대단히 흐뭇해하며 사내를 매우 믿음직하게 생각하였다. 그날부터 사내는 아름다운 옷을 입고 배부르게 실컷 먹으면서 어떠한 일에도 전혀 손대지 않았다. 그러자 여종이 하도 답답하여 사내를 나무랐다.

"사람이 이 세상을 살아가려면 저마다 해야 할 일이 있어요. 그런데도 당신은 배불리 먹기만 하고 하는 일이 없으니, 앞으로 무엇을 해서 먹고살 생각이시오?"

여종의 핀잔에도 사내는 태연하기만 하였다.

"일을 해서 먹고살 방법을 마련해 보자면 모름지기 은돈 열 말은 있어야 되겠구려."

여종은 사내의 말을 진심으로 받아들였다.

"내가 당신을 위해서 꼭 주선周旋 일이 잘되도록 여러 가지 방법으로 힘씀 해 보겠어요."

여종이 안채에 들어가서 틈을 엿보아 노마님께 간청을 드렸다. 노마님이 다시 참정 대감께 여종의 말을 전해 주었다. 대감은 흔쾌히 허락하고 사내가 원하는 대로 은돈을 마련해 주었다.

사내는 그 은돈을 가지고 서울의 시장에 갔다. 시장에서 사내는 누군가 잠깐 입었지만 해지지는 않은 헌 옷가지를 몽땅 사들였다. 그러고는 서울 한복판에다 옷을 쌓아 놓고는 평소에 함께 다니면서 비럭질

했던 거지들을 모두 불러들였다. 사내는 남녀 할 것 없이 모인 거지들에게 옷을 하나하나 입혀 주었다. 다음으로 한강 주변의 거지들을 불러 모아 또한 마찬가지로 옷을 나눠 주었다. 그리고 차츰 가깝고 먼 고을을 찾아다니며 정처 없이 바람에 나부끼듯 떠도는 사람들에게 하나도 빠짐없이 옷을 주었다. 누군가 자신을 보살펴 주리라는 거지들의 믿음에 조금이라도 어긋나지 않도록 사내는 그들을 정성껏 돌봐 주었다. 이렇게 사내는 사들인 옷가지를 말에도 싣고 짐꾼에게도 지워서 전국 팔도를 돌아다니며 모두 나눠 주었다. 드디어 사내에게 남은 것이라고는 말 한 필과 옷가지 몇 벌이 전부였다.

사내는 남은 옷가지를 둘둘 말아서 봇짐처럼 등에 메고 말 등에 올라타 길을 이어갔다. 때마침 음력 팔월 보름 추석이어서 티 없이 맑은 하늘에 둥그런 달이 막 떠오르고 있었다. 들판에는 상큼한 안개가 감돌고, 길은 평탄한 교외로 쭉 뻗어 있었다. 사방에 길 가는 나그네 하나 보이지 않았다. 사내는 채찍을 휘둘러 갈 길을 재촉하며 아무 데고 말이 가다가 멈추는 곳에서 잠시 쉬어 가려 하였다. 한참을 가다가 큰 다리를 지나는데 다리 밑에서 빨래를 물에 헹구는 소리와 함께 두런거리는 사람 목소리가 섞여서 울려 퍼졌다.

사내는 깊은 밤 너른 들에서 이게 산도깨비가 아닌가 싶어 섬뜩했다. 그는 말에서 내려 다리 난간을 붙잡고 다리 밑을 굽어보았다. 웬 영감과 할멈이 옷을 홀러덩 벗고 맨몸을 훤히 드러내고 있지 않은가! 두 늙은이는 입었던 옷가지를 빨다가 사람이 내려다보는 기척에 깜짝 놀라는 것이었다. 그들은 알몸이 부끄러워서 손을 내저으며 후다닥 피하려 하였다. 그러나 다리 밑에는 몸을 가릴 만한 곳이 전혀 없었다.

사내는 영감과 할멈을 다리 위로 올라오시라고 불렀다. 남겨 놓았던 옷가지를 모두 꺼내서 입으시라고 했다. 그러자 영감과 할멈이 목청을 높여 감사 드린다며 굽실거렸다. 굳이 자기네 집으로 맞아들이겠다고 간청하는 바람에 사내는 그 집에서 하룻밤 묵어가게 되었다. 그 집은 겨우 서까래 서너 개만으로 지어서 달팽이의 집처럼 작고 초라하였다. 간신히 비바람이나 막을 정도였다.

사내는 말을 밖에 매어 두고 방으로 들어가 앉았다. 영감과 할멈이 부산을 떨면서 밥을 짓더니, 거친 밥에 쓰디쓴 나물을 사내에게 대접하는 것이었다. 사내는 한껏 배불리 먹은 다음에, 졸린다며 뭐라도 베고 잘 만한 것을 빌려 달라고 부탁하였다. 영감과 할멈은 바로 서까래 사이에서 바가지같이 생긴 것을 찾아서 꺼내 놓았다.

"이거라도 베고 주무셔요."

사내는 그 바가지를 베고 자리에 누웠다. 어둡고 캄캄한 데서 손으로 바가지를 더듬어 보았다. 쇠붙이나 돌은 아닌 것 같고, 그렇다고 흙이나 나무로 만든 것도 아니었다. 조심조심 바가지를 구석구석 긁어 보아도 도무지 무엇인지 알 수가 없었다.

그런데, 갑자기 울타리 밖에서 왁자지껄 떠들며 큰소리로 불러내는 것이 아닌가! 목소리가 썩 용감하고 사나운 것이 어떤 존귀한 사람이 문 밖에 온 것 같았다. 이윽고 한 졸개가 명령을 받고 방으로 들어오더니, 그 바가지를 무작정 빼앗아 가려고 하였다. 사내는 단호하게 소리쳤다.

"이것은 내가 베고 있는 것이니 결코 남한테 줘 버릴 수 없다!"

여러 졸개들이 잇달아 들어와서 빼앗으려 하였지만 사내는 한사코 거절하였다. 이윽고 귀인이 직접 들어와서 사내를 꾸짖는 것이었다.

"네놈이 어떻게 이 그릇의 쓸모를 안다고 이처럼 보물로 여기느냐?"

사내는 굴하지 않고 대답했다.

"쓸모야 어찌 됐건 이미 내 손아귀에 들어왔으니, 소홀히 남에게 내줄 수 없다! 이것이 무슨 쓸모가 있다고 이러느냐?"

사내의 당당한 태도에 귀인은 당부의 말을 잊지 않았다.

"이것은 재물을 불리는 훌륭한 보물이다. 금가루나 은가루를 그 안에 넣고 흔들면, 금이며 은이 금세 그릇에 넘칠 것이다. 너는 틀림없이 이 그릇을 삼 년 동안만 사용해야 한다. 삼 년 뒤에는 그릇을 동작 나루에 던져 버려라. 다른 사람이 혹시나 엿보고 알지 못하게 조심해야 한다. 대수롭게 생각해서는 안 된다. 명심해야 하느니라."

사내는 너무 기뻐서 소리를 질렀다. 그런데 깨어 보니 예사로운 한 조각 꿈이 아닌가? 그때 하늘에는 먼동이 터 오고 있었다. 영감과 할멈은 벌써 일어나 있었다. 사내가 두 사람에게 부탁을 하였다.

"부디 내 비루먹은 망아지와 이 바가지를 바꿔 주시렵니까?"

영감은 펄쩍 뛰면서 말하였다.

"이런 한 푼어치도 안 되는 걸 어찌 좋은 말과 바꾼단 말이시오?"

사내는 입고 있던 옷을 벗어서 벽에 걸어 두고, 그 말은 문틀에다 매어 놓았다. 몸을 돌려 주인 영감의 닳아빠진 누더기 옷을 찾아서 자기 몸에 걸쳤다. 다시 거적때기로 바가지를 싸서 짊어지고 길을 나섰다. 길을 가다가 비럭질을 하면서 돌아오니 다시 영락없는 거지꼴이었다. 사내는 터덜터덜 천 리 길을 걸어서 여러 날 만에야 서울에 당도했다.

사내는 곧장 참정 대감 댁을 바라보고 걸어갔다. 그러다가 문득 마음속으로 중얼거렸다.

'저번에 문을 나설 땐 은돈 억만금을 지녔었는데, 오늘 밤 돌아갈 적에는 땡전 한 푼 없이 해진 옷뿐이로구나! 행여 남의 눈에 띌까 걱정이야. 잠깐 밖에 있는 게 낫겠군. 봉홧불이 오르고 나서 통행금지를 알리는 인경이 울리기 직전까지 기다려야겠어. 대문 안이 조용한 틈을 타서 들어가면 아무 일 없겠지!'

사내는 술집에 몸을 숨겼다. 거기서 잠시 동안 밤이 이슥해지기를 기다렸다가 절름거리며 참정 대감 댁으로 다가갔다.

행랑채의 문짝은 반쯤 닫혀 있었고 방문은 단단히 잠겨 있었다. 사내는 으슥한 구석에서 어둠에 몸을 맡겼다. 아무 흔적도 남기지 않고

숨을 죽인 채 기다렸다. 이윽고 여종이 안에서 나오더니 빗장을 뽑으면서 중얼거리는 것이었다.

"오늘도 어김없이 거리에 종이 울리는구나. 내 이 두 눈이 사람 됨됨이를 똑바로 보지 못해 이 지경에 이르렀구나. 배꼽을 물어뜯으려 하여도 입이 닿지 않듯이 이제 와 후회해도 아무 소용이 없구나! 장차 이 일을 어찌하면 좋을까?"

사내는 '어험!' 가늘게 헛기침을 해서 자기가 온 것을 알렸다. 여종은 화들짝 놀라 소리쳤다.

"게 누구요?"

"나요."

"도대체 어디 갔다 이제 오셔요?"

"어서 방문을 열고 등불이나 켜시오."

사내는 바가지가 담긴 등짐을 내려 손에 들고 방에 들어갔다. 두 사람은 촛불 아래 마주 앉았다. 삐쩍 야위고 잔뜩 때가 낀 얼굴에 낡아 빠진 누더기 옷이 불빛에 드러났다. 사내는 지난날에 비해서 갑절이나 을씨년스럽고 구슬퍼 보였다. 여종은 울음을 머금고 방문을 열고 나갔다. 잠시 후 저녁밥을 차려 와, 두 사람이 함께 한껏 배부르게 식사를 하였다.

그날 밤, 새벽종이 울리자마자 여종은 사내를 발로 차서 깨웠다. 여종은 무겁지 않은 보물들만 꽁꽁 싸서 집안사람들 몰래 짊어지고 도망가려고 하였다. 그렇게라도 해서 은돈을 몽땅 잃어버린 죗값에서 벗어나겠다는 속셈이었다. 그러나 사내는 눈을 부라리며 꽥 소리를 질렀다.

"내 차라리 사실대로 고백하여 죗값을 치르겠소. 어찌 당신과 함께 손잡고 도망쳐서 또다시 재앙의 그물에 걸려들 것이오?"

여종도 발끈 화를 냈다.

"당신이 마누라 하나도 건사하지 못하는 건 그렇다 쳐요. 그렇다고 어떻게 자기 때문에 남을 곤경에 빠뜨리는 게요? 당신 때문에 날마다 매질을 당하며 욕을 들어야 속이 시원하겠어요? 일이 이 지경인데도 대장부랍시고 말만 번지르르하단 말이오?"

사내의 어처구니없는 태도에 여종은 밖으로 나가 버렸다.

이윽고 사내는 혼자가 되었다. 사내는 바가지를 풀어 놓았다. 여종이 꾸려 놓은 상자 속에서 은 조각을 찾아내어, 그것을 바가지 안에 집어넣었다. 사내는 마음속으로 천지신명께 빌면서 힘껏 바가지를 흔들었다. 갑자기 번쩍 빛이 반짝였다. 뚜껑을 열고 들여다보니, 눈처럼 하얀 말굽 모양의 은덩이가 바가지에 그득하지 않은가? 사내는 신줏단지를 모시는 방 귀퉁이의 제일 움푹한 곳에다 은덩이들을 쏟아부었다.

바가지를 흔들고 또 흔들어 줄기차게 붓고 또 부었다. 삽시간에 말굽은 말굽 모양으로 된 은덩이 이 이 방 천장만큼 높이 쌓였다. 그제야 사내는 쌓여 있는 은붙이를 넓은 보자기로 가렸다. 그러고는 곧장 베개를 곧추 세우고 잠에 빠져들었다.

한참 후에 여종이 들어왔다. 문득 방구석에 뭔가 가득 쌓여 있는 것이 눈에 띄었다. 여종은 궁금증을 견디지 못해 보자기를 들추어 보았다. 켜켜이 하얀 은덩이가 산더미처럼 쌓여서 도무지 몇천 말이나 되는지 알 수 없을 정도였다. 처음에는 너무 놀라서 벙어리처럼 입을 헤벌리고 눈을 휘둥그렇게 떴다. 이윽고 여종이 겨우 정신을 차리고 물었다.

"이게 다 어디서 생겼어요? 어쩌면 이렇게 많아요?"

사내가 웃으면서 대답했다.

"속 좁은 아녀자가 어찌 사내대장부가 하는 일을 알겠소?"

두 사람은 얼굴에 한가득 웃음을 띠고 서로 장난을 치며, 앉아서 새벽이 오기를 기다렸다.

이윽고 사내는 새 옷으로 갈아입고 참정 대감 앞에 엎드려 인사를 올렸다. 대감은 당초에 집안의 온 재산을 사내에게 내맡겼었다. 그런데 사내가 한번 나가더니 오래도록 그림자도 비치지 않아서 몹시 궁금

해 하고 의심하고 있었다. 그러던 참에 느닷없이 간밤에는 시중들던 한 아이가 사내를 보았다며 꼬치꼬치 아뢰는 것이었다. 아이의 말에 따르면 사내가 매우 딱한 모습으로 돌아오더라는 것이었다. 참정 대감은 몹시 놀라서 도무지 마음을 종잡지 못하고 밤새도록 뒤척거리며 잠을 이루지 못했다.

그런데 사내가 옷을 매우 깔끔하게 차려입고 앞으로 나와서 절을 올리는 것이 아닌가? 대감은 사내를 믿어야 할지 말아야 할지 갈피를 잡지 못하고 급히 사내에게 물었다.

"벌써 장사를 잘 마쳤느냐?"

사내가 서슴없이 대답하였다.

"대감 댁에서 많이 도와주셨기에 이윤을 크게 남겼습니다. 부디 은돈 스무 말을 받아 주십시오. 본전 열 말과 이자 열 말로 베풀어 주신 은혜를 모두 갚겠습니다."

"내가 어찌 이자까지 쳐서 받겠느냐? 본전만 갚아라. 여러 말하여 다시 번거롭게 말아라."

대감의 체면치레를 듣고 사내가 단호하게 말했다.

"소인은 죽더라도 이자는 꼭 갚겠습니다."

잠시 후 사내가 은돈을 머리에도 이고 등에도 져서 마당에 쌓아 놓았다. 영락없이 동지섣달에 수북이 쌓인 눈 같았다. 적어도 은돈이 서른 말, 마흔 말은 될 성싶었다. 참정 대감은 본래 이윤에 밝은 사람이어서 쌓인 은돈을 남김없이 반갑게 받았다. 여종은 또 열 말을 노마님께 바쳐 자그마한 정성을 표시하였다. 그리고 다시 열 말을 여러 부인들에게 나누어 드렸다. 나머지 시중드는 하인과 노비에게까지 빠짐없이 은돈을 얼마씩 나누어 주었다. 온 집안이 모두 감탄하고 부러워하면서 침이 마르도록 떠들썩하게 칭찬하였다.

참정 대감은 문득 간밤에 시중들던 아이를 떠올렸다. 사내가 매우 딱한 몰골로 돌아오더라고 꼬치꼬치 아뢰던 아이가 터무니없는 말로 사내를 모함한 것이 아닌가! 대감이 퍼뜩 떠오른 생각을 노마님에게 아뢰었다.

"시중드는 아이가 이 아이를 시기해서 얼토당토않은 일을 꾸며 대더군요. 위아래 모두 비단옷으로 차려 입었는데 누더기를 걸쳤더라고 거짓을 말하더군요. 전대에 황금이 그득한데도 빈털터리로 돌아오더라고 거짓말을 하였으니, 그 심보가 참으로 고약합니다."

대감은 시중드는 아이를 모질게 꾸짖었다. 시중드는 아이는 계속해서 억울함을 아뢰었다. 그러나 아무도 그 말을 믿어 주지 않았다. 오히려 대감은 빨리 내치라고 명을 내릴 뿐이었다.

사내는 이로부터 날로 부자가 되고 달로 넉넉해졌다. 곧 여종은 몸값을 치르고 평민이 되었다. 두 사람은 함께 백 년을 평화롭고 행복하게 살았다. 자손도 번창하여 벼슬길에 오르는 자도 있었다.

그 바가지는 어떻게 되었을까? 사내는 과연 삼 년 뒤에 제사를 지내고 바가지를 동작 나루에 던져 버렸다 한다.

『파수편』에 실려 있는 이야기로, 원제는 '택부서 혜비식인擇夫婿慧婢識人'입니다. 이 이야기를 읽다 보니 무엇이든 소원만 말하면 이루어지는 도깨비 방망이나 알라딘의 요술램프가 떠오르네요. 비현실적인 이야기라는 걸 알면서도 사람들은 누구나 이런 동화 같은 일이 일어나기를 소망할 때가 있습니다. 이 이야기에도 어김없이 그런 소재가 등장하네요. 무엇이든 조금 담았다 하면 수북이 쌓여서 흘러넘치는 바가지가 그것입니다. 그러나 이 이야기를 가만히 읽다 보면, 이 바가지가 우연히 한 거지에게 흘러 들어간 것이 아님을 알 수 있습니다. 거지가 어떻게 해서 바가지를 얻게 되었는지, 그리고 그가 나중에 그 바가지를 어떻게 처분했는지를 보면 행운은 아무에게나 찾아오는 게 아니라는 걸 알 수 있겠지요?

저승에 다녀온 가난뱅이

어떤 가난뱅이가 있었다. 그는 집이 몹시 가난한데도 친구를 매우 좋아하였다. 새벽에 일어나기가 바쁘게 세수를 하고 머리를 빗고는 곧장 청계천 장교長橋 긴 다리 근처에 사는 부잣집으로 달려가서 어정거리기 일쑤였다. 그 부잣집은 여덟아홉 사람이 노상 모여서 잔치를 하며 노는 곳이었다. 창을 잘하는 가객歌客과 춤을 잘 추는 기생에 술과 안주며 음식이 떨어질 날이 없었다. 가난뱅이는 불청객임에도 날마다 자리에 끼어 한껏 배불리 먹었다. 모든 사람들이 가난뱅이를 얕잡아 보고, 언제나 틈만 나면 가난뱅이를 놀림거리로 삼았다. 그러나 가난뱅이는 여러 사람의 조롱을 꾹 참고 받아 주었다. 그럴수록 저들은 가난뱅이를 놀리는 것으로 심심풀이를 삼았다. 그러다 보니 혹시 가난뱅이가 일이 있어서 나타나지 않으면, 오히려 왜 안 오나 하며 간절히 기다리게 되었다.

비가 내리는 어느 날이었다. 그날도 여러 손님들이 흩어지지 않고 가난뱅이를 놀림거리로 삼아 이야기를 나누었다.

"자네, 집도 넉넉지 못한 사람이 나이가 쉰이 다 돼 가는구먼. 자네도 머지않아 돌아가겠구먼. 우리가 오늘 이렇게 서로 사이좋게 지내는 의리로 따져 보세. 자네가 돌아갔다는 소식이 오면 누군들 곧장 달려가서 자네의 죽음을 애도하지 않겠는가? 모두들 장례에 필요한 물건들을 마련하여 대 주느라 야단일 걸세. 헌데 그때가 되면 뉘 집에 우환이나 사정이 있을지 모를 일이거든. 이를테면 며느리가 아이를 낳는다든지 손자 녀석이 홍역을 치른다거나 하면 세상 사람들이 모두 꺼리지 않겠는가? 우리라고 어찌 자네 주검을 어루만지며 서로 애통해 할 수 있겠는가? 그러니 아예 우리가 지금 당장 이 자리에서 자네와 약속을 함세. 아무개는 장례 처음부터 끝까지 모든 비용을 대고, 아무개는 자네를 관에 넣는 비용을 대고, 아무개는 자네를 땅에 묻는 비용을 대기로 하세. 이것을 분명히 정해서 문서로 남겨 두면 좋겠구먼. 헌데 다만 자네 넣을 관의 크기는 미리 가늠할 수 없으니, 어찌한다? 이 일을 어찌한다?"

그러자 가난뱅이가 아무렇지도 않게 대꾸하였다.

"비록 나중의 일이지만 자네들 뜻이 이러하니 감사하고 감사할 따름일세."

한 사람이 나서서 장난질을 부추겼다.

"대개 상을 당한 집에서 관을 마련할 때에는 단 몇 치 차이로도 목재 값이 동떨어지게 다르더구먼. 지금 가늠해 보지도 않고 그냥 긴 판자를 마련해 둘 일이 아니야. 만일에 값이 덜한 것으로 준비해 두었다가 뜻밖에 송장이 길면 그때는 어떡할 셈인가? 지금 당장 어림짐작으로라도 자네가 죽은 셈치고 염殮 시신을 수의로 갈아입힌 다음, 베나 이불 따위로 쌈 을 해서 관 크기를 가늠해 두는 게 옳지 않겠나?"

모두들 그게 좋겠다고 대답했다. 그러자 여럿이 달려들어 가난뱅이를 붙잡아 억지로 눕히는 것이었다. 가난뱅이는 일부러 그들이 하는 대로 내버려 두었다.

여럿이 둘러서서 수건과 끈 같은 것을 마루에다 늘어놓았다. 그러고는 홑이불을 편 뒤 가난뱅이를 끌어다가 홑이불 위에 눕혔다. 가난뱅이의 발에서부터 염을 하여 차츰 위에까지 묶어 오자, 가난뱅이는 숨이 막혔다. 그 모습을 보고는 저마다 입을 가리고 손가락질을 해 대며 깔깔거리느라 야단이었다. 그러다가 아무도 가난뱅이를 풀어 줄 엄두를 내지 못했다. 가난뱅이는 그만 숨이 넘어가고 말았다. 가난뱅이가 아무 말이 없자 저들은 이상한 생각이 들었다. 급히 염을 풀고 들여다보았으나 가난뱅이는 벌써 죽은 지 오래였다.

아홉 사람은 깜짝 놀랐다. 가난뱅이의 손과 발을 주물러 보기도 하고 입에다 약을 떠 넣어 보기도 하였다. 그러면서 한편으로는 서로 다른 사람 탓이라며 저마다 발뺌을 하는 것이었다.

"아무개가 목을 죄는 게 아무래도 너무 심하더라니."

"애초에 아무개의 제안이 너무 괴상하더라니."

이처럼 왁자지껄 한바탕 소동이 벌어지는 동안에 가난뱅이는 정신이 조금 돌아왔다. 그러나 가난뱅이는 여럿이 어쩌려나 보려고 옴짝달싹 않고 죽은 체했다.

여러 집 하인들이 각자 주인집에 돌아가 이 일을 알렸다. 그러자 아홉 집의 부녀자들은 소스라치게 놀라서 뻔질나게 사람을 보내 어떤 사태가 벌어지고 있는지 소식을 알아 오게 하였다.

한 사람이 조심스럽게 의견을 내었다.

"이 사람도 어머니와 가족들이 있으니 알려야겠는걸?"

가난뱅이가 이 말을 듣고 겉으로는 죽은 척하면서도 마음속으로 중얼거렸다.

'늙으신 어머니께서 놀라고 슬픔이 북받쳐 우실 터이니 참으로 가

였고 다급한 일이 아닌가?'

드디어 숨을 들이켜고 하품을 하며 기지개를 켰다. 비로소 살아날 낌새를 보이자 아홉 사람이 한꺼번에 가난뱅이 앞으로 달려들어 손을 잡았다.

"자네, 내 얼굴 알아보겠어?"

"아까 정말 잠이 든 거야?"

호들갑스럽게 저마다 한 마디씩 내뱉으며 가난뱅이를 위로하는 것이었다. 방 안에는 기쁨이 흘러넘쳤다. 가난뱅이가 아홉 사람을 빙 둘러보았다. 그러더니 느닷없이 목을 놓아 통곡을 하지 않는가? 저들도 덩달아 울자 가난뱅이가 여전히 울먹이며 말을 꺼냈다.

"내, 해진 옷에 뚫린 갓을 쓰고도 실낱같은 목숨을 이어 온 건 모두 자네들 덕분이었네. 항상 자네들의 수고로움을 대신하여 언젠가는 죽어서라도 은혜를 갚으리라는 마음을 품고 있었다네. 헌데, 오늘은 도리어 자네들에게 재앙을 끼쳤으니 내 차라리 느닷없이 죽어 버리는 편이 나았겠네."

가난뱅이는 목메어 울다 못해 숨이 넘어갈 지경이었다. 저들이 다시 차와 술을 권하여 정신을 차리도록 했다. 그러자 가난뱅이는 훌쩍거리며 꼬치꼬치 일러 주는 것이었다.

"지옥이 있다는 소리를 내 믿었던 적이 없었네. 허나, 아까 눈 깜짝할 사이에 저승에 들어갔다네. 괴상하게 생긴 도깨비와 푸른 눈에 검은 몸, 붉은 머리털을 한 나찰羅刹이 좌우에 쭉 늘어서 있더군. 쇠갈퀴와 끓는 솥이 뜰 한가운데 펼쳐져 있고 고문할 때 쓰는 차꼬두 개의 기다란 나무토막을 맞대어 그 사이에 구멍을 파서 죄인의 두 발목을 넣고 자물쇠를 채우게 되어 있는 형구 나

수갑 같은 무시무시한 것들이 의금부나 형조에서와 다르지 않더군. 집사같이 보이는 자도 있고 나졸같이 보이는 자도 있던걸. 높은 건물 안에 화려한 꽃무늬 양산을 받치고 임금처럼 보이는 분이 걸상 위에 앉아 있더군. 그분이 나를 불러들여 '너는 무슨 죄를 짓고 들어왔느냐?' 하고 물으셨지. 내가 우러러보며 '잡혀 온 죄인이 어찌 잡혀 온 까닭을 알겠습니까?' 하고 아뢰었지. 옆에서 노란 수건을 두른 사나운 두억시니 모질고 사나운 귀신의 하나로 '야차'라고도 함 가 나와서 아뢰더군. '소인이 다른 일로 밖에 나갔다가, 마침 저승을 드나드는 귀문관에서 어슬렁거리는 자가 있기에 데려왔을 뿐이옵니다. 그 연유는 모르옵니다' 그러자 건물 안에 있던 어떤 분이 불쑥 나서서 아뢰더군. 그분이 재판관인 모양인데 엎드려서 자세히 말씀을 올리더군. '요새 살림이 넉넉한 백성들이 교만하고 건방져서 스스로를 뽐내고 있사옵니다. 그 정도가 갈수록 심해져서 저희들 멋대로 살리기도 하고 죽이기도 하는 지경이옵니다. 아무개와 아무개 아홉 명이 억지로 이 사람을 묶어 죽음에 이르게 하였사옵니다.' 염라대왕이 듣더니 몹시 성을 내면서 따로 온갖 잡스러운 귀신 스물일곱을 뽑더군. '여봐라, 저들을 지옥으로 잡아들여라. 저들이 입을 잘못 놀렸으니 혀를 잘라 내는 여설옥에 가둬라. 손에는 쇠고랑을 채우고 발에는 돌차꼬를 얹어라. 쇠처럼 단단한 철옹성을 지키는 장수로 하여금 지옥의 삼라문에 들어와 보고하도록 하라.'는 뜻으로 분부하고 누누이 다짐하시더군. 그래서 내 통곡을 하며 애걸했다네. '저 아홉 사람만은 본래 인간 세상에서 마음씨 착하고 자비로운 사람입니다. 소인은 지금까지 전부 저 아홉 사람의 도움으로 옷가지며 먹을거리를 마련해 왔습니다. 이번에는 우연히 서로 장난을 치다가 소인의 숨이 저절로 막힌 것입니다. 결코 저들에게 죽임을 당한 것이 아닙니다. 엎드려 비옵니다. 저들을 너그럽게 용서해 주십시오.' 그랬더니, 염라대왕이 곁을 둘러보며 말씀하시더군. '아홉 사람이 만약 평상시에 가난한 벗과 곤궁한 친척들에게 못된 짓만 일삼고 한 번이라도 은혜를 베풀어 돌봐 준 적이 없다면, 저 사람이 아뢰는 말이 어찌 이러하겠느냐? 아직은 잡아들이지 말라. 두고 보는 편이 낫겠다.' 그러니까 곁에 있던 자들이 나서서 아뢰더군. '설령 저 아홉 놈이 자기 재산을 똑같이 나누어서 이 사람에게 준다 해도, 어찌 지은 죗값의 만에 하나라도 치를 수 있겠습니까?' 그러자 염라대왕이 '그렇다면 역사力士 뛰어나게 힘이 센 사람 와 야차 등에게 내린 명령을 아직은 거두지 말라. 며칠 기다렸다가 그때 가서 명령을 시행하라고 내보내는 것이 좋겠다!' 하시더군. 바로 그때 곁에 있던 집사가 손으로 내 등을 떠밀었다네. 몸이 공중으로 떨어진다 싶을 때, 내 바람을 타고 나부끼듯이 가볍게 날아서 여기로 돌아온 것이라네. 눈을 떠 보니 자네들이 모두 내 곁에 있더구먼. 한편으로는 반갑기도 하고 한편으로는 슬프기도 하였다네. 내 죽음은 틀림없이 기이한 일이라지만 무슨 낯으로 여러 좋은 벗들을 마주한단 말인가?"

가난뱅이는 말하는 중간 중간에도 눈물을 줄줄 흘리며 이야기를 끝맺지 못하는 것이었다.

이러는 동안에도 아홉 집의 하인들은 각각 득달같이 주인집에 돌아가 이러한 사실을 아뢰었다. 사실을 전해 들은 여러 집의 부녀자들도 모두 크게 놀라 나자빠질 지경이었다.

그즈음 부잣집의 부인이나 첩이 무당을 불러들여 푸닥거리를 하거나 눈먼 소경을 맞아 불경을 외우게 하는 일이 잦았다. 그러다가는 아무 까닭도 없이 재산을 낭비해서 집안을 파멸시키는 경우도 많았다.

이 아홉 사람은 본래 학식이 없고 견문이 얕았다. 그러니 이처럼 그럴싸한 지옥 이야기를 듣고는 어찌 마음이 흔들리지 않고 태연할 수가 있겠는가? 저들은 드디어 번갈아가며 돈지갑을 꺼냈다. 어떤 이는 삼백 냥을 보내고, 어떤 이는 사백 냥을 보내서, 며칠 만에 삼천 냥 남짓을 가난뱅이 집 뜰에 쌓아 놓았다.

가난뱅이는 여덟 사람이 보낸 것만 받고, 한 사람이 보내온 것은 도로 돌려주었다. 그 집에서는 당연히 매우 괴상하고 미심쩍게 생각하였다.

며칠 뒤 가난뱅이는 장교의 모임에 작별을 고했다. 가난뱅이는 낯선 시골로 이사를 했고, 그다음부터 저들과 다시는 상종相從 서로 따르며 친하게 지냄 도 하지 않았다.

여러 부자들은 밖으로는 사치를 일삼으면서 조금이라도 착한 일을 하는 구석이 없었다. 무당이나 점치는 일에 정신을 빼앗겨서 도무지 절약하고 아끼는 법이 없었다. 재산이 솟아날 곳은 없는데 물 쓰듯 써 버리기만 하니 어찌 오래갈 수 있겠는가? 짧게는 삼 년 길게는 오 년 만에 기와집을 초가로 바꾸고, 옷은 몸을 가리지 못하고, 음식은 입을 채우지 못하는 지경에 이르렀다. 지난날 좀먹었다고 찢어 버린 비단옷과 쓰디쓰다고 내버린 간장인들 어디서 다시 얻을 수 있겠는가?

아홉 사람이 각기 흩어져서 다시는 모이는 일도 없었다. 가끔 길에서 우연히 만나더라도 서로 부끄럽고 부끄러워서 낯을 가리고 피해 다녔다. 그중 한 사람은 가장 먼저 집 재산을 몽땅 말아먹고 남편과 아내가 모두 죽어 대를 이을 자손도 없었다. 그가 바로 지난날 가난뱅이가 돈을 받지 않았던 그 집이었다.

십 년 뒤, 가난뱅이는 많은 금과 은을 가지고 서울에 올라왔다. 가난뱅이는 동네 곳곳을 누비며 수소문하여 나머지 여덟 사람을 다시 만났다. 가난뱅이는 각자에게 본전을 갚고, 거기에 다시 갑절을 얹어 주고 돌아왔다고 한다.

가난뱅이가 한 집의 돈을 처음부터 받지 않았던 까닭은 대체 무엇이었을까? 틀림없이 그 사람이 먼저 죽어서 끝내 갚아 줄 곳이 없으리라는 것을 예상했기 때문에 그리했을 것이다. 크고 너른 집에서 배불리 먹고 따습게 입으면서 사치스럽고 화려하게 지내던 자들이 웃고 떠들며 거리낄 것 없던 시절에, 어찌 가짜 주검이 이처럼 신통방통한 꾀가 있을 줄을 생각이나 하였겠는가?

이 글은 장한종의 『어수신화』에 실려 있는 이야기로, 원제는 '늑생소렴勒生小斂'입니다. 부잣집 친구들의 놀림을 받다가 죽을 고비를 넘긴 어느 가난뱅이가 기지를 발휘하여 재산을 얻은 다음, 부자가 되는 이야기지요. 이 이야기의 배경은 19세기 초반으로 사회경제적으로 많은 변화가 있던 시기입니다. 그래서 서민들 중에서도 급작스럽게 부자가 된 사람들이 많아졌는데, 이야기에 나오는 부자 친구들처럼 돈은 많지만 그 돈을 제대로 사용할 줄 모르는 사람들이 많았지요. 친구들과 주인공의 엇갈린 운명을 통해 돈이란 그것을 제대로 사용할 때 비로소 가치가 있는 것임을 우회적으로 보여 주고 있습니다.

막동,
밑바닥부터 시작하다

옛날에 대대로 벼슬하던 송씨 집안이 있었다. 그러나 오랫동안 벼슬자리에 오르지 못하게 되자 종갓집 사람뿐만 아니라 종가에서 갈라져 나온 친척들마저도 거의 다 몰락할 지경이었다. 다만 청상과부와 어린 아들이 의지할 곳 없이 외롭고 쓸쓸하게 살아갔는데 오직 막동이란 젊은 종 하나가 있어서 집안일을 관리하면서 모든 바깥일도 대신하였다. 그러던 어느 날, 이 막동이도 느닷없이 이슥한 밤을 틈타 아무도 모르게 달아나 버렸다. 온 집안이 쯧쯧 혀를 차며 안타까워했지만 막동의 자취를 전혀 알아낼 길이 없었다.

그럭저럭 삼사십 년의 세월이 훌쩍 지나갔다. 그사이에 송씨 집안의 어린 아들 송생이 장성하였으나 가난은 갈수록 심해져서 살아남기조차 버거울 지경이었다. 그래서 송생은 평소 알고 지내던 사람에게 일을 좀 달라고 부탁할 생각이었다. 다행히 아는 사람이 강원도 관동의 한 고을에서 원님을 돕는 일을 하고 있어서 찾아 나서기로 하였다.

길이 강원도 고성군에 막 접어들었을 때였다. 날이 이미 저물었는데 주막은 아직도 멀어 송생은 인가에서 솟아오르는 연기를 찾아서 산마루를 넘어갔다. 산 밑으로 수많은 집들이 바둑판처럼 늘어서 있고 푸른 기와지붕이 물결치듯 잇닿아 있었다. 냇가며 산봉우리가 아름다워 마음을 사로잡는 곳에는 정자며 누각이 옹긋쫑긋 자리를 차지하고 있었다.

송생이 마을로 내려가 뉘 집인지 알아보니 동네의 부호로 정삼품 벼슬을 지낸 최 승지 댁이라 하였다. 송생은 그 집 대문 앞으로 가서 뵙기를 청하였다. 젊은 총각이 예의를 갖추어 송생을 맞아들여 묵어갈 객사客舍까지 안내해 주었다.

송생이 막 방바닥에 앉으려 할 때 푸른 옷을 입은 하인이 최 승지의 말을 전해 주었다.

"고요하고 적적해서 답답한 마음을 쏟아내지 못했는데, 마침 손님을 맞이하였으니 자리를 마주해 주시기를 청한다고 여쭈어라 하십니다."

송생은 하인이 이끄는 대로 발을 옮겼다. 한곳에 이르니 턱이 두툼

하고 이마가 넓고 두 눈이 반짝반짝 빛나는 노인이 있었다. 노인이 송생을 보자마자 예를 갖추는데 몸가짐이 아주 단정하였다. 두 사람은 한밤중이 될 때까지 촛불 심지를 돋우며 이야기를 나누었다.

그런데 느닷없이 최 승지가 주위에서 시중드는 하인들을 모두 물리치고 문을 단단히 닫아걸었다. 그러고 나서 최 승지는 갓을 벗어던지고 송생의 앞에 무릎을 꿇고 엎드려 큰절을 올렸다. 그러고는 갑자기 목 놓아 울면서 송생에게 죄를 청하는 것이었다. 송생은 도대체 종잡을 수가 없어서 크게 놀란 나머지 떠듬떠듬 물었다.

"영감, 어째서 이런 해괴한 짓을 하십니까?"

최 승지는 차근차근 이야기를 풀어 나갔다.

"소인이 바로 서방님 댁의 종놈이었던 막동입니다. 소인은 죄를 다섯 가지나 지은 죄인일 뿐입니다. 주인의 도타운 은혜를 입고도 남몰래 도망을 쳤으니, 이것이 첫 번째 죄입니다. 주인마님께서 과부가 되어 정절을 지키시면서 소인을 수족처럼 대하셨는데도 마님의 푸짐하신 정을 받들지 못하고 차마 영원히 저버리고 말았으니, 이것이 두 번째 죄입니다. 성씨를 속이고 세상을 후려서 분에 넘치게 벼슬길에 올랐으니, 이것이 세 번째 죄입니다. 이미 지위가 높아지고 존귀해졌으면서도 소식을 전하지 않았으니, 이것이 네 번째 죄입니다. 서방님께

서 몸소 이곳에 오셨는데도 제가 서방님과 맞먹는 것처럼 예의에 어긋나게 서방님을 대하였으니, 이것이 다섯 번째 죄입니다. 이렇게 다섯 가지 죄를 짊어지고, 어떻게 뻣뻣하게 고개를 들고 이 세상을 살아갈 수 있겠습니까? 부디 서방님께서 소인을 꾸짖고 매질하시어 쌓인 죄의 만에 하나라도 씻게 하여 주시옵소서!"

송생은 도리어 놀라서 두리번거릴 뿐 당황하여 어찌할 줄을 몰랐다. 최 승지가 말을 이었다.

"주인과 종 사이에서 지켜야 할 의리는 아버지와 아들, 임금과 신하 사이에서 지켜야 하는 의리와 조금도 다름이 없습니다. 이제 은혜로웠던 마음이 가로막혀 버렸고 형편도 억눌려 뒤집어졌으니, 차라리 목숨을 끊어서 이 가슴에 맺힌 한을 조금이나마 갚고 싶습니다."

송생이 비로소 입을 열었다.

"설령 영감의 말씀대로라 하더라도 지금 생각해 보면 이미 지나가 버린 옛일일 뿐입니다. 흘러간 물이요 흩어진 구름이라 결코 돌려놓을 수 없습니다. 어째서 구태여 옛일을 끄집어내어 주인과 손님을 모두 거북하게 만드십니까? 부디 조용히 앉아서 한가로운 이야기나 나누었으면 합니다."

그러자 최 승지는 송씨 집안의 크고 작은 친척들이 아무 탈 없이 잘 지내는지 두루 안부를 묻는 것이었다. 서로 추억을 떠올리고 감회가 새로워져서 끊임없이 기쁨과 한숨이 이어졌다.

송생이 최 승지에게 그간 어떻게 살아왔는지를 물었다.

"영감은 젊어서부터 참으로 뛰어난 재주와 드넓은 마음을 품고 있었습니다. 그러나 미천한 신분을 뛰어넘기가 정말 어려웠을 텐데, 어떻게 가문을 이처럼 크게 일으킬 수 있었습니까?"

이에 최 승지가 자신의 삶에 얽힌 이야기보따리를 풀어내었다.

"참으로 이야기가 길어서 시중드는 하인이 몇 번을 들락거려도 끝맺기 어려울 것입니다. 소인이 어려서 종노릇을 하면서 가만히 살펴보니, 주인댁의 처지가 꽉 막혀 가세가 기울어 가고 있었습니다. 다시 일어설 낌새가 전혀 보이지 않으니, '평생 하루도 빠짐없이 굶주림과 추위에 시달리겠구나!' 하는 생각이 저절로 들었지요. 그때 얼추 제 나름대로 계획이 있어서 급작스럽게 도망쳤던 것입니다. 그러고는 높은 뜻과 씩씩한 기운이 넘치니 결단코 주인의 수레나 끄는 천한 종으로 늙지는 않으리라 맹세하였습니다.

우선 가짜 최씨로 행세하였습니다. 최씨 집안은 명성이 높은 가문이었으나 당시에 대를 이을 자손이 없었답니다. 처음에는 번화한 서울에 살면서 드러나지 않게 재물을 불렸습니다. 몇 년이 지나자 수천 냥을 모았습니다. 다음에는 모은 돈으로 경기도 영평에 내려가 살았습니다. 그때부터 방문을 닫아걸고 글을 읽으며, 몸가짐을 삼가고 처신을 바르게 하였습니다. 고을에서는 벌써부터 진정 사대부의 행실답다고 일컬어 주었습니다. 또한 재물을 흩어서 가난한 사람들의 마음을 사로잡고, 많은 금품을 선물해서 고을 부호들의 입을 틀어막았습니다. 한편으로는 서울의 의리 넘치는 협객俠客 호방하고 의협심이 있는 사람 들을 이용하였습니다. 그들은 말과 안장을 화려하게 꾸미고 유명한 사람들의 이름을 사칭詐稱 거짓으로 속여 이름 하면서 끊임없이 소인을 방문해 주었습니다. 그리하여 고을 사람들은 소인에 대한 것들을 더욱더 믿게 되었습니다. 그렇게 사오 년을 보내고 다시 강원도 철원으로 이사를 하였습니다. 거기에서도 영평에서처럼 부지런히 행실을 닦았습니다. 철원 사람들도 고을을 대표하는 선비 집안으로 대접해 주었습니다.

그제야 비로소 한 무관의 딸을 맞아들이면서 사람들이 이상히 여기지 않도록 재혼이라 둘러대었습니다. 아들 낳고 딸 낳고 잘 살았지만 혹시 일이 발각될까 걱정스러웠습니다. 그래서 또다시 강원도 회양으로 이사를 하였고, 얼마 뒤에는 또 회양에서 여기 고성으로 옮겨 온 것입니다. 회양 사람들은 철원 사람들에게 묻고, 고성 사람들은 회양 사람에게 물으면서 이러쿵저러쿵 말을 전하기 바빴습니다. 그러다가 소인을 그만 으뜸가는 가문으로 떠받들게 된 것이지요.

그리고 소인이 뜻밖의 행운을 얻어 과거 시험의 명경과에 합격하게 되었습니다. 처음에는 외교 문서를 맡아보는 승문원承文院에 소속되었다가, 사간원 정육품 정언과 사헌부 종오품 지평을 두루 거쳤습니다. 머지않아 예조에서 외교를 총괄하는 대홍려로서 정삼품 통정대부에 뽑혔다가, 말을 타고 나라를 살피는 정삼품 병조참의가 되었고, 마침내 임금의 명을 전달하는 승정원 정삼품 동부승지에까지 이르렀습니다.

그러던 어느 날 문득, 사람 욕심은 절제하기 어렵고 둥근 보름달은 금방 기울어진다는 생각이 들었습니다. 만일에 또다시 벼슬 올리는 데 급급하여 멈추지 않는다면 귀신이 노하고 사람들이 시기할 것이니, 언젠가는 일을 망치고 그르칠까 걱정되었습니다. 그래서 용단용기 있게 결단을 내림. 또는 그 결단을 내려 벼슬에서 물러나기로 뜻을 정하였습니다. 지금은 벼슬아치가 탄 말과 수레가 일으키는 먼지 가까이에는 한 걸음도 내딛지 않고, 시골에서 노닐면서 임금님의 크신 은혜를 노래하며 지낸답니다.

자식은 아들 다섯과 딸 둘을 두었는데 모두 이름난 집안과 혼인을 맺었습니다. 소인의 초라한 집 앞뒤로 모두 이들 사돈댁이 있답니다. 맏아들은 문과에 급제하여 지금 근무지인 황해도 은율에 가 있습니다.

둘째 아들은 학문과 덕행으로 강원도 관찰사의 추천을 받았습니다. 임금님께서 왕릉을 관리하는 침랑 벼슬을 내려 주셨으나, 둘째는 벼슬길에는 나서지 않았습니다. 셋째 아들은 지금 나라에서 세운 학당에 들어가 있습니다.

소인은 이제 나이가 일흔을 넘어 자손이 방마다 꽉 차 있습니다. 해마다 만 섬의 곡식을 거둬들이고, 날마다 쓰는 돈이 천 냥입니다. 소인의 분수와 역량을 헤아려 볼 때, 어찌 스스로 만족하지 못하겠습니까? 다만 주인댁의 은혜를 갚지 못한 것을 생각하니, 자나 깨나 마음이 걸릴 뿐이었습니다. 매번 찾아가 뵐까 하다가도 혹시나 숨긴 것이 드러날까 두렵고, 또 가난에서 구제할까 하다가도 방법이 없어서 한스러울 뿐이었습니다. 이 때문에 남몰래 저절로 마음이 괴로워서, 멍하니 홀로 중얼대는 버릇까지 생겼습니다. 그런데 이제 하늘이 좋은 기회를 주셔서 서방님이 찾아와 주셨으니 소인은 지금 당장 죽어도 눈을 감을 수 있게 되었습니다.

감히 서방님을 몇 달 동안 모시면서 하찮은 정성이나마 바치고자 합니다. 다만 평범한 나그네가 느닷없이 정성껏 대접을 받으면 주변 사람들의 의심을 불러일으킬 것입니다. 그러니 황공하오나 감히 부탁드립니다. 성씨가 서로 다르니 낮에는 결혼으로 맺어진 친척으로 행세

하시어 소인의 가문을 빛내 주십시오. 하오나 밤에는 다시 주인과 종으로 돌아가 명분을 바로잡아야 할 것입니다. 소인의 부탁을 기꺼이 받아들여 주실는지요?"

송생은 그렇게 하자고 승낙을 하였다.

이야기가 끝나 갈 무렵에 하늘은 벌써 먼동이 터 오고 있었다. 최승지의 여러 아들과 제자들이 번갈아 들어와 문안을 올렸다.

"간밤에 기이한 일이 일어났구나! 마침 몹시 적적하기에 송생더러 집안 내력이나 말해 보라 하였더니, 바로 나와 칠촌 조카뻘 되는 재종질이 아니겠느냐? 시조가 태어나신 본관과 그 본관에서 갈라져 나온 계파가 뚜렷해서 조금도 틀림이 없구나. 내가 예전에 번잡한 서울에 있을 적에 저이의 아버지와 어울려 놀면서 함께 공부를 하였느니라. 그때 깊은 정이 들어서 한 부모에게서 태어난 형제 같았느니라. 그 후 사오십 년 사이에 불행히도 삶과 죽음이 나뉘는 일이 벌어지고, 아울러 길도 너무 멀어서 소식마저 뚝 끊어졌느니라. 하나 남은 어린 아들이 도무지 어디에 사는지도 몰랐는데, 이제 상봉을 하고 보니 안타까움과 애틋함이 더욱 간절하구나!"

여러 아들도 모두 매우 반가워하며 형이라 일컫고 아우라 부르게 되었다. 여러 아들은 서로 송생을 이끌고 산의 정자와 물가의 누각, 우거진 수풀과 길게 자란 대숲 사이를 누볐다. 이곳저곳에서 피리와 가야금 소리로 나날을 보내고, 술잔을 돌리고 흥겹게 시를 읊으면서 일과를 마쳤다. 그러는 사이 한 달이 넘는 시간이 쏜살같이 지나갔다.

송생이 그만 돌아가겠노라고 인사를 올리자 최 승지가 간곡하게 말하였다.

"삼가 만 냥의 돈으로 장수를 누리시도록 기원하겠습니다. 모쪼록 논밭과 주택을 널리 마련하시고 가까운 일가끼리 나눠 쓰시기 바랍니다."

송생은 매우 기뻤다. 수레와 말에 잔뜩 짐을 싣고 돌아오니 길게 이어진 길을 밝게 비추었다. 집에 돌아가자마자 논밭을 사고 집을 장만하였다. 송생은 졸지에 특별한 까닭도 없이 큰 부자가 되었다. 그러자 송생을 잘 아는 사람치고 이상하게 생각지 않는 자가 없었다.

송생과 사촌 관계인 아우가 있었다. 그는 타고난 건달이었는데, 특히 매우 음험하고 악독한 자였다. 그가 송생에게 어떻게 재산을 일구게 되었는지를 끈질기게 캐물었다. 송생은 찾아갔던 고을의 원님 아무개가 자신을 딱하게 여겨 도와준 것이라고 둘러대었다. 그러나 그 건달은 송생의 말을 곧이들으려 하지 않았다. 기회 있을 때마다 건달이 송생에게 자꾸 물었다. 건달의 채근採根 어떤 일의 내용, 원인, 근원 따위를 캐어 알아

냄을 견디다 못하여 송생이 그럴듯하게 말해 주었다.

"길을 가다가 우연히 은돈이 가득 들어 있는 단지를 주웠다네. 아무한테도 말하지 말게나, 주인이 나타날지도 모르니……."

건달도 송생의 말을 믿는 듯하였다. 그러나 건달이 어찌 속으로도 그 말을 믿으려 하였겠는가?

드디어 건달이 좋은 술을 빚었다며 송생을 자기 집에 초대하여 함께 술을 마셨다. 술잔이 오가면서 술이 거나하여 곯아떨어질 지경이 되었다. 이때를 틈타서 건달이 갑자기 큰 소리로 넋두리를 하는 것이었다. 송생이 해괴하게 여겨 왜 그러느냐고 꾸짖자 건달이 하소연을 하였다.

"제가 어려서 부모님을 모두 잃고 다른 형제도 전혀 없잖소! 그래 오직 사촌 형님만 믿고 살아왔잖소! 그런데 이제 형님이 저를 길 가는 나그네 보듯 하시니, 어찌 끔찍하지 않겠소?"

"내가 언제 너를 박대했단 말이냐?"

송생이 태도를 누그러뜨리자 건달은 기회는 이때다 싶었다.

"마음이 통하지 않는데 박대가 아니고 무어란 말이오? 그 많은 재물이 어떻게 생겼는지 끝끝내 똑바로 대지 않으시니, 도대체 무슨 까닭이시우?"

송생은 건달 동생을 달래 보려고 말했다.

"네가 재물이 생긴 까닭을 몰라서 깊은 원한이 맺혔다니, 내 당장 사실대로 알려 주마."

송생은 그 내막內幕 겉으로 드러나지 아니한 일의 속 내용 을 시시콜콜 자세히 들려주었다. 건달이 송생의 설명을 다 듣고 나서 발끈 화를 내며 떠들어댔다.

"형님, 그런 수치와 모욕을 참았단 말이우? 주인을 배반한 종이 뇌물을 많이 준다고 덥석 받았단 말이우? '형님!', '아저씨!' 하면서 사람이라면 마땅히 지켜야 할 도리를 어지럽히다니, 어찌 엄청난 수치가 아니겠소! 내 당장 고성으로 곧장 달려가서 그 종놈의 뻔뻔스러움을 모조리 폭로해 버리겠소. 그리하여 한편으로는 더럽혀진 형님의 명예를 되찾고, 한편으로는 무너져가는 세상의 질서를 일으켜 세워야겠소."

건달은 말이 끝나기가 무섭게 신발을 꿰차고, 곧장 동대문 밖을 향하여 내달리는 것이었다. 송생은 크게 걱정이 되어서, 급히 걸음이 빠른 사람을 물색하여 최 승지에게 편지를 띄웠다. 편지에는 일의 자세한 내막과 함께, 말실수를 한 허물을 자책自責 자신의 결함이나 잘못에 대하여 스스로 깊이 뉘우치고 자신을 책망함 하는 내용이 담겨 있었다.

심부름꾼은 하루에 이틀 길을 걸어서 최 승지 댁에 당도하였다. 마침 최 승지는 동네 양반들과 함께 술잔을 나누며 장기를 두고 있었다. 최 승지는 편지를 꺼내 쭉 훑어보았다. 그러고는 조금도 두려워하는 기색이 없이 껄껄껄 웃으면서 자리에서 일어났다.

"어렸을 적에 하찮은 재주를 익혀 둔 게 이제 와서는 도리어 후회가 되는구먼."

사람들이 모두 무슨 일인지 묻자 최 승지가 말을 이었다.

"지난번에 조카뻘인 송생이 왔을 적에 이것저것 이야기를 나누다가 의술에 대해서도 말이 나왔다네. 우연히 내가 전부터 침술에 뛰어나다고 자랑을 늘어놓았다네. 그때 조카가 무척이나 기뻐하더군. 자기한테 한 아우가 있는데 한번 미치면 제정신이 아니라더군. 당장 혼자라도 내려보낼 테니 치료해 달라더군. 나는 웃자고 한 얘긴 줄 알았는데, 지금 정말로 보내겠다지 않는가? 오늘이나 내일 사이에 여기에 도착하겠구먼. 여러분들은 각자 댁에 돌아가셔서 문빗장을 꼭 닫아걸고 숨죽이고 계시게나. 미친 녀석이 제멋대로 다니면서 행패를 부리지나 않을까 걱정이구먼."

사람들은 모두 크게 두려워하면서 각자의 집으로 흩어졌다. 온 마을에서 최 승지 댁에 웬 미치광이가 온다고 수군대며, 문 밖으로 전혀 발을 떼지 않았다.

이윽고 건달이 활활 불길이 타오르듯이 성질을 부리며 제멋대로 고래고래 소리 지르면서 나타났다.

"아무개는 우리 집 종놈이다! 아무개는 우리 집 종놈이다!"

온 마을 사람들은 깔깔깔 웃었다.

"정말로 미치광이가 내려왔구나!"

최 승지는 조금도 흔들리지 않고 차분히 앉아 있었다. 곧 건장한 하인 몇 십 명을 한꺼번에 내보내서 건달을 빙 에워싸고 꽁꽁 묶어서 잡아 오도록 하였다. 건달이 잡혀 오자 최 승지는 침을 놓기 편하도록 곧장 집 뒤 곳간에 가두었다.

이윽고 마을 사람들이 다시 하나둘 모여들었다. 최 승지는 눈썹을 찡그렸다.

"저 조카 녀석이 이런 병에 걸린 줄은 미처 생각지도 못했구먼."

마을 사람들도 최 승지에게 안타까운 마음을 전하였다.

"쯧쯧, 안타깝습니다! 훌륭한 집안에 이런 몹쓸 병에 걸린 젊은이가 있다니……. 우리도 미치광이를 많이 보아 왔으나, 이렇게 심한 사람은 처음 봅니다."

밤이 깊어 사람들이 모두 흩어지자 최 승지는 큼지막한 침 하나를 꺼내 들고 혼자서 건달을 가둔 곳으로 찾아갔다. 최 승지를 보자마자 건달이 입을 벌려 욕설을 퍼부었다. 최 승지는 들은 척도 아니하고 사정없이 침을 쑤셔 댔다. 살가죽이 멀쩡한 데가 없을 정도로 터져 나가자 건달은 도저히 고통을 참을 수 없었다. 제발 실낱같은 목숨 살려 달라고 애걸할 뿐이었다. 최 승지는 그래도 아랑곳없이 푹푹 침을 쑤셔 댔다. 드디어 건달이 두 손을 싹싹 비벼 대며 애걸복걸하자 최 승지가 비로소 낯빛을 바꾸며 사납게 꾸짖었다.

"나는 굳이 나의 과거를 들춰낼 필요가 없었다. 허나, 스스로 본분을 지키려고, 묻지도 않았는데 네 사촌 형에게 나의 내력을 진술한 것이었다. 그러니 서로가 좋게 대해야 진실로 옳은 일이 아니냐? 이제 느닷없이 과거에 얽힌 허물을 들추어내어, 기어이 나를 깊은 구렁텅이로 빠뜨릴 셈이냐? 나는 맨손으로 밑바닥부터 시작해서 여기까지 이루어 낸 사람이다. 생각이 슬기롭지 않고서 어찌 가능한 일이겠느냐? 그런데도 너같이 별 볼 일 없고 어리석기만 한 놈 때문에 내가 망가질 성싶으냐? 처음에는 칼잡이를 보내 도중에 네놈을 기다렸다가 해치우려고 했다. 허나, 특별히 선대先代 조상의 세대 의 은혜를 생각해서 우선 목숨만은 남겨 둔 것이다. 네놈이 만약에 마음을 고쳐먹고 계획을 바꾼다면 당장 네놈을 부자로 만들어 주겠다. 허나, 네놈의 잘못된 생각을 어리석게 고집한다면 내가 네놈을 죽여 버리겠다. 나야 기껏 실수로 사람 죽인 돌팔이 의원밖에 더 되겠느냐? 네놈이 알아서 결정하여라."

건달은 최 승지의 진실되고 너그러운 말에 감동하였을 뿐만 아니라, 자신에게 이로운지 해로운지 곰곰이 헤아려 보았다.

"만약에 마음을 고쳐먹지 않으면, 내가 개자식이우."

최 승지가 건달에게 앞으로 할 일을 지시하였다.

"지금 바로 동틀 무렵부터 반드시 나를 아저씨라고 불러야 하느니라. 그리고 사람들이 물을 때마다 너는 반드시 이러이러하다고 대답해야 하느니라."

건달은 이제는 살았구나 싶어서 반갑게 대답하였다.

"어찌 시키시는 대로 따르지 않겠습니까? 아버지라 부르라 하셔도 기꺼이 명을 받들겠습니다."

이윽고 최 승지가 밖으로 나와서 자제들에게 알렸다.

"조카의 병이 다행히 깊숙이 뿌리내리지는 않았구나. 정성껏 침을 놓았으니 틀림없이 신기한 효험이 있을 게야. 이제는 아무쪼록 기름진 음식을 넉넉하게 차려 주어야 하느니라. 그러면 헛되이 써 버린 기운을 보충할 수 있을 게야."

이튿날 아침, 최 승지가 자제와 하인들을 데리고 들어가서 건달을 살펴보았다. 건달은 환한 얼굴로 절을 올렸다.

"숙부께서 치료해 주신 다음부터는 정신과 기운이 맑고 깨끗해졌습니다. 병의 뿌리가 속 시원하게 뽑힌 듯합니다. 조용한 방에서 다리 쭉 뻗고 누워 며칠 몸조리를 하고 싶습니다."

최 승지가 눈물을 흘리며 말했다.

"하늘이 장차 송씨 집안 귀신을 굶기지는 않으시려나 보구나! 간밤에 내가 차마 못할 노릇을 하였구나. 네 살갗을 마구 쑤시다니, 그야말로 가족 간에 서로를 죽이는 동족상잔이 따로 없더구나!"

최 승지는 피가 낭자한 건달의 옷을 벗기고 새 옷으로 갈아입혔다.

그러고는 사랑채로 데리고 나와서 건달을 정성껏 어루만지고 먹여 주었다.

이웃고 마을 사람들이 모여들었다. 최 승지는 사람들이 오는 족족 인사를 시켰다. 그때마다 건달은 몸을 낮춰 무릎을 꿇고 절을 올리며 정중히 사과하였다.

"어제는 크게 병증이 일어나서 도대체 무슨 짓을 했는지도 모르겠습니다. 여러 어르신들께 행패를 부리지는 않았습니까?"

이 일을 계기로 건달은 몸가짐이 매우 공손해졌다. 건달은 그렇게 대여섯 달을 최 승지 댁에 머물렀다. 최 승지는 건달이 떠날 때 돈 꾸러미 삼천 냥을 주었다. 건달은 감격해서 최 승지를 떠받들었다. 건달은 죽을 때까지 감히 이 일을 발설하지 못했다 한다.

『청구야담』에 실려 있는 이야기로, 원제는 '송반궁도 우구복宋班窮途遇舊僕'입니다. 조선 시대가 신분제 사회였음을 여실히 알게 해 주는 이야기로, 막동이라는 종이 도망가서 신분을 속이고 출세한 뒤 옛 주인을 만나 사죄하는 모습 등이 오늘날의 우리들에게는 무척 생소하게 다가옵니다. 하지만 최 승지로 변신한 막동이를 대하는 옛 주인 송생과 부랑아 송씨의 행동을 보세요. 작자가 이 두 사람의 행동을 통해 무엇을 말하려고 했을지 한번 상상해 봅시다.

닭 타고 가면 되지

초판 1쇄 펴낸날 2011년 1월 18일
초판 4쇄 펴낸날 2015년 5월 15일

옮긴이 조희정 주진택 김대경
펴낸이 홍지연

일러스트 김종민
편집 김영숙 전신애 소이언 김나윤
디자인 김은지
관리 김세정
인쇄 한영문화사

펴낸곳 도서출판 우리학교
출판등록 제321-2009-4호 (2009년 1월 5일)
주소 121-883 서울시 마포구 합정동 47-8 청우빌딩 6층
전화 02-6012-6094~6095
전송 02-6012-6092
전자우편 school@woorischool.co.kr

값 12,000원
ISBN 978-89-94103-15-0
ISBN 978-89-94103-14-3 44810 (세트)